Riccardo Bellandi

LO SPETTRO GRECO

UNA SPY STORY DELLA GUERRA FREDDA AL CONFINE ORIENTALE ITALIANO

Titolo | Lo spettro greco
Autore | Riccardo Bellandi
ISBN | 978-88-93069-17-5

Youcanprint *Self-Publishing*
Via Roma, 73 - 73039 Tricase (LE) - Italy
www.youcanprint.it
info@youcanprint.it
Facebook: facebook.com/youcanprint.it
Twitter: twitter.com/youcanprintit

Per Andrea

Il confine orientale italiano
dal giugno 1945 al settembre 1947

L'occupazione della Jugoslavia da parte dell'Asse
(aprile 1941 – settembre 1943)

Glossario

Badogliani - termine dispregiativo usato dopo l'8 settembre 1943 da tedeschi e italiani rimasti fedeli alla Germania per indicare gli italiani che avevano appoggiato il cambio di alleanze deciso dal re e dal governo Badoglio.

Bande VAC - Bande Volontari Anticomunisti, reparti militari formati, incorporati e armati dal Regio Esercito nel 1942-1943 in Dalmazia, tramite l'arruolamento volontario di serbo-ortodossi e croato-cattolici, per contrastare i partigiani comunisti.

Bisiacchi - abitanti della bassa valle dell'Isonzo compresa la città di Monfalcone.

Četnici - nazionalisti serbi che dopo l'invasione della Jugoslavia da parte dell'Asse (aprile '41) rimasero fedeli a Re Pietro II (in esilio), e con il sostegno dell'Inghilterra opposero resistenza armata all'invasore; successivamente parte dei četnici, in attesa dell'arrivo degli Alleati e per contrastare i nazionalisti croati di Pavelić e i partigiani comunisti di Tito, si allearono con l'Italia e dopo l'8 settembre '43 con la Germania.

CIG - Central Intelligence Group, servizi segreti degli Stati Uniti (1946-1947).

Domobranci - formazioni militari slovene che dopo l'8 settembre '43 collaborarono con la Germania nel contrastare i partigiani comunisti.

Domobrani - reparti militari regolari dello Stato Indipendente di Croazia (1941-1945).

Drugarizze - termine usato dagli italiani di Dalmazia e d'Istria per indicare le donne partigiane comuniste jugoslave, derivante da uno storpiamento del vocabolo serbo-croato "drug" (compagno).

Drusi - termine usato dagli italiani di Dalmazia e d'Istria per indicare i partigiani comunisti jugoslavi, derivante da uno storpiamento del vocabolo serbo-croato "drug" (compagno).

GMA VG - Governo Militare Alleato della Venezia Giulia (giugno 1945-settembre 1947).

Litorale - espressione usata da sloveni e austriaci per indicare la Venezia Giulia.

MAB 38 - Moschetto Automatico Beretta modello 38, mitra calibro 9 mm in dotazione ai reparti speciali del Regio Esercito.

Macedonia - marca di sigarette italiana diffusa durante la seconda guerra mondiale.

MILIT - marca di sigarette prodotta appositamente per le Forze armate italiane durante la seconda guerra mondiale; distribuite ai soldati e vendute a bassissimo prezzo negli spacci militari, erano note per la scarsa qualità del tabacco.

MP 40 - Maschinenpistole 1940, mitra calibro 9 mm in dotazione alla Wehrmacht durante la seconda guerra mondiale.

NKVD - Commissariato del Popolo per gli Affari Interni, servizi segreti e polizia politica dell'Unione Sovietica (1934-1946).

OSS - Office of Strategic Services, servizi segreti degli Stati Uniti (1942-1945).

OZNA - Dipartimento per la Protezione del Popolo, servizi segreti e polizia politica della Jugoslavia (1944-1946).

Padalci - cittadini italiani di lingua slovena catturati in Nord Africa dagli inglesi, arruolati dal SOE e paracadutati al confine tra Italia e Slovenia per sostenere la lotta dei partigiani jugoslavi del IX Corpus contro tedeschi e italiani. Nell'immediato dopoguerra, sospettati di essere spie inglesi, furono quasi tutti eliminati dall'OZNA su ordine di Tito.

Pervitin - metanfetamina creata nel 1938 dall'azienda farmaceutica Temmler di Berlino e durante la guerra diffusamente usata dalla Wehrmacht per incrementare le prestazioni dei soldati tedeschi.

PCI - Partito Comunista Italiano.

SIM - Servizio Informazioni Militare, servizi segreti del Regno d'Italia durante il regime fascista (1925-1945).

SOE - Special Operations Executive, servizi segreti della Gran Bretagna per operazioni di sabotaggio nei territori dell'Europa occupata (1940-1946).

Sten - mitra calibro 9 mm in dotazione all'Esercito Britannico dal 1941 e largamente distribuito tramite aviolanci ai partigiani dell'Europa occupata.

Sturmbannführer - ufficiale superiore delle Waffen SS, corrispondente al grado di maggiore nella Wehrmacht.

Titovka - bustina militare con stella rossa davanti al centro, adottata dai partigiani comunisti jugoslavi e successivamente dall'Armata Jugoslava.

UDBA - Dipartimento per la Sicurezza dello Stato, servizi segreti e polizia politica della Jugoslavia (1946-1992).

Ustascia - fascisti croati guidati da Ante Pavelić che dopo l'invasione della Jugoslavia da parte dell'Asse (aprile '41) costituirono lo Stato Indipendente di Croazia, dando vita a formazioni militari di élite (sul modello delle SS e della Milizia Fascista) per opporsi ai partigiani comunisti e ai četnici.

Volksdeutsche - popolazione di etnia tedesca residente fuori dai confini della Germania.

WOPS - termine dispregiativo, derivato dallo storpiamento del vocabolo "guappo", usato negli Stati Uniti per indicare gli italiani.

Avvertenze

Lo spettro greco è un romanzo e dunque le vicende narrate, benché ambientate in un contesto storico coerente e fedelmente ricostruito, sono frutto della fantasia dell'Autore. In egual modo i protagonisti della storia sono immaginari, sebbene verosimili, in quanto liberamente ispirati a personalità dell'epoca. Nel romanzo compaiono altresì vari personaggi realmente esistiti. Anch'essi, come gli altri, si muovono in uno scenario inventato e le frasi e le azioni loro attribuite sono immaginarie. Per facilitare il lettore, si riporta l'elenco dei personaggi storici che compaiono nel romanzo con una breve biografia; tutti gli altri sono frutto dell'inventiva dell'Autore.

Gli eventi del romanzo sono raccontati con realismo, anche nei loro risvolti più macabri e violenti. Idee, giudizi e comportamenti attribuiti ai personaggi sono coerenti con la loro estrazione sociale e provenienza, nonché con il contesto storico dell'immediato dopoguerra; un'epoca di transizione per un'Europa dilaniata e imbarbarita da sei anni di guerra, distruzioni di ogni genere, deportazioni e uccisioni di milioni di persone; un'epoca selvaggia e instabile, fortemente venata di radicalismo, razzismo, intolleranza, risentimento e odio verso il diverso o chi la pensava diversamente.

ITALIANI

Alcide De Gasperi (1881-1954) - dirigente del Partito Popolare e quindi della Democrazia Cristiana, di cui è segretario dal luglio '44 al settembre '46, presidente del Consiglio dei Ministri dal 1945 al 1953.

Massimo Girotti (1918-2003) - sportivo e attore italiano, divo del cinema e sex symbol maschile degli anni '40.

Pietro Nenni (1891-1980) - dirigente socialista, segretario del Partito Socialista di Unità Proletaria nel 1946, e ministro degli Esteri nel II Governo De Gasperi dall'ottobre '46 al gennaio '47.

Natalino Otto (1912-1969) - nome d'arte di Natale Codognotto, cantante e produttore discografico italiano, iniziatore del genere swing nell'Italia del dopoguerra.

Mario Roatta (1887-1968) - generale italiano, dal 1934 al 1939 capo del SIM, nel 1942 comandante della II armata, le forze di occupazione italiane nei Balcani; nel 1944, accusato per crimini commessi prima e durante la guerra, è arrestato, ma nel marzo 1945 – complici gli angloamericani, il Vaticano e vari esponenti delle istituzioni italiane – fugge in Spagna.

Palmiro Togliatti (1893-1964) - dirigente comunista, segretario del Partito comunista dal 1927 alla morte, ministro della Giustizia nel I Governo De Gasperi dal giugno '45 al luglio '46.

JUGOSLAVI

Momčilo Đujić (Croazia, 1907-1999) - politico e militare serbo, leader četnico della Dalmazia settentrionale; collabora prima con le forze di occupazione italiane, quindi tedesche, contro i partigiani comunisti di Tito dal 1941 al 1945.

Edvard Kardelj (Slovenia, 1910-1979) - leader del Partito comunista sloveno, comandante partigiano, stretto collaboratore di Tito; nel 1946 è vicepresidente della Repubblica Federale Popolare Jugoslava e capo delegazione nelle trattative per la Conferenza di Pace.

Boris Kidrič (Slovenia, 1912-1953) - dirigente comunista, comandante partigiano e commissario politico; nel 1946 è presidente della Slovenia.

Ivan Maček (Slovenia, 1908-1993) - dirigente comunista, partigiano e commissario politico; nel 1946, con il grado di generale dell'Armata jugoslava, è ministro degli interni, capo della polizia politica e vicepresidente della Slovenia.

Draža Mihailović (Serbia, 1893-1946) - ufficiale dell'esercito jugoslavo, dopo l'invasione dell'Asse (aprile '41), diventa capo dei četnici, il movimento di resistenza dei nazionalisti serbi filomonarchici.

Ante Pavelić (Croazia, 1889-1959) - politico croato, fondatore del movimento fascista Ustascia, leader dello Stato indipendente di Croazia dal 1941 al 1945.

Aleksandar Ranković (Croazia, 1909-1983) - dirigente comunista, comandante partigiano e commissario politico; nel 1946 ministro dell'Interno della Repubblica Federale Popolare Jugoslava e capo della polizia politica (OZNA/UDBA).

Mitja Ribičič (Slovenia, 1919-2013) - partigiano comunista e commissario politico; nel 1946, con il grado di colonnello dell'Armata jugoslava, è assistente del ministro dell'Interno e vicecapo della polizia politica slovena; nel 2006 è processato in Slovenia per i massacri compiuti dal regime comunista dopo la guerra e assolto per mancanza di prove.

Josip Broz "Tito" (Croazia, 1892-1980) - leader del Partito comunista jugoslavo dal 1937 e comandante dell'Esercito popolare di liberazione jugoslavo, con il titolo di Maresciallo, dal 1941 al 1945; nel 1946 è primo ministro della Repubblica Popolare Federativa Jugoslava.

Dean G. Acheson (1893-1971) - politico e avvocato, sottosegretario del Dipartimento di Stato dal 1945 al 1949, segretario dal 1949 al 1953.

James J. Angleton (1917-1987) - agente segreto, con il grado di maggiore dell'US Army è il capo dell'Ufficio operazioni speciali per l'Italia dal 1945 al 1947.

Walter C. Dowling (1905-1977) - vicecapo della Divisione Affari dell'Europa Meridionale del Dipartimento di Stato dal 1945 al 1947.

James C. Dunn (1890-1979) - ambasciatore in Italia dal 1946 al 1952, quindi in Francia, Spagna e Brasile.

John C. H. Lee (1887-1958) - generale dell'US Army, comandante supremo del teatro operativo del Mediterraneo dal 1945 al 1947.

Bryant E. Moore (1894-1951) - generale dell'US Army, dal novembre '45 al settembre '47 comanda la 88ª divisione di fanteria "Blue Devils" di presidio a Gorizia e nella parte nord della Zona A del Governo militare alleato della Venezia Giulia.

Robert P. Patterson (1891-1952) - giudice e avvocato, segretario del Dipartimento della Guerra dal 1945 al 1947.

Ellery W. Stone (1894-1981) - ingegnere delle telecomunicazioni, ammiraglio dell'US Navy, capo della Commissione Alleata di controllo per l'Italia dal 1944 al 1947.

Harry S. Truman (1884-1972) - presidente degli Stati Uniti d'America dall'aprile '45 al gennaio '53.

Hoyt Vandenberg (1899-1954) - generale dell'US Air Force, direttore dei servizi segreti statunitensi (Central Intelligence Group) dal 1946 al 1947.

Nota

Le descrizioni dell'accampamento partigiano e dei četnici presenti nel Capitolo 10 sono ricavate dall'opera di Persio Nesti, *I villaggi bruciano*, Firenze, 1946.

Prologo

*Governo militare alleato
della Venezia Giulia – Zona A
Città di Trieste, piazza dell'Unità*

1946, metà settembre, 13:31

Una goccia di sudore rigò la fronte di Walter Dowling, vicecapo della Divisione affari europei del Dipartimento di Stato. L'americano allentò la cravatta e si tolse il cappello di feltro nero. Il sole gli inondò il cranio lucido che subito asciugò con un fazzoletto.

Seduto di fronte a lui, il maggiore dell'esercito americano James Angleton, capo dell'Ufficio operazioni speciali per l'Italia, alzò il bicchiere vuoto in direzione del cameriere.

"Così gli italiani non l'hanno presa bene" esordì Dowling, mentre con un rapido tocco della mano ricomponeva il lungo ciuffo di peli neri che gli solcava la pelata.

"Si erano illusi di strappare condizioni migliori. L'armistizio, la cobelligeranza, la resistenza, le nostre promesse di una pace separata…"

"James, hanno perso la guerra e male. Noi non potevamo tirare la corda più di tanto. Liberarsi al più presto dei trattati di pace, anche a costo di sostanziali concessioni ai sovietici: è uno dei pochi punti su cui al Dipartimento di Stato sono tutti d'accordo."

"La pubblicazione del trattato di pace ha esasperato gli animi. Il paese è attraversato da disordini, scioperi e manifestazioni di protesta. Togliatti e Nenni soffiano sul fuoco. De Gasperi e gli altri leader moderati stanno a guardare, si sentono traditi."

"Pensavo che avergli dato la possibilità di esporre le loro ragioni alla Conferenza di Parigi avrebbe fatto svaporare un po' di rabbia."

"La perdita delle colonie, dell'Istria e di gran parte della Venezia Giulia sono bocconi amari…"

"È bene che i wops si mettano l'anima in pace. Le decisioni prese a Parigi sono pressoché definitive."

L'arrivo del cameriere interruppe la discussione.

"Un altro bicchiere di bianco, anzi mi porti direttamente la bottiglia" disse brusco Angleton in italiano.

"Per me un whisky e dell'acqua con limone" sbuffò Dowling. "Non pensavo di trovare un tale caldo qua a Trieste. In Germania è già arrivato l'inverno."

"Walter, la situazione è critica" riprese Angleton, non appena il cameriere si allontanò. "L'Italia sta scivolando verso l'orbita sovietica e noi non stiamo facendo niente per evitarlo. La popolazione è alla fame e senza lavoro. Le industrie sono ferme per mancanza di materie prime. La polizia non riesce a garantire l'ordine pubblico e al Nord spadroneggiano bande di ex partigiani. L'esercito è inesistente e quando le nostre truppe se ne andranno gli italiani saranno in balia dei comunisti e delle armate di Tito che premono sul confine, a poche miglia da questa piazza."

"Sono consapevole della situazione" rispose l'altro, mentre i suoi occhi si alzavano inquieti verso i promontori carsici che sovrastavano la città, "ma l'Amministrazione non ha ancora definito una strategia per i tuoi amici. L'Italia è vista con freddezza e distacco. Al momento la questione tedesca ha priorità assoluta. Byrnes ha tirato fuori le palle coi sovietici. Meglio tardi che mai! Hai sentito il discorso di Stoccarda?"

"Ma è assurdo!" sbottò Angleton, picchiando i pugni sul tavolo.

Dowling si guardò attorno imbarazzato e sfoggiò un sorriso di circostanza agli avventori del Caffè degli Specchi che, seduti ai tavoli all'aperto, li fissavano incuriositi. "Non ti ho mai visto così furente" farfugliò, mentre con il piede cercava di attirare a sé il bicchiere caduto sotto il tavolo. "Stare a contatto coi wops ti ha fatto perdere il tuo proverbiale aplomb britannico."

"L'Italia è fondamentale per il controllo del Mediterraneo e delle rotte verso il Medio Oriente. Lasciarla ai rossi sarebbe un suicidio e la sua perdita avrebbe un effetto domino sull'intera area."

"Per ora confidiamo sugli inglesi. Stanno tenendo testa alle pressioni sovietiche in Grecia, Iran e Iraq…"

"Non reggeranno a lungo."

"Lo sappiamo bene. Sono con il culo per terra. Hanno ancora in piedi un'imponente macchina militare, ma non hanno più risorse per mantenerla. E il governo laburista non ha intenzione di chiedere ulteriori sacrifici ai cittadini britannici per continuare la politica imperiale di Churchill. Quando si ritireranno, non potremo più tergiversare: o prendiamo il loro posto o arrivano i rossi."

"L'Unione Sovietica mira a un'espansione senza limiti della sua potenza e delle sue perverse dottrine." La voce ferma e determinata di Angleton contrastava con due occhi scintillanti di fervore, in un volto livido e teso. "La politica aggressiva che porta avanti in Europa e Asia mostra un chiaro progetto di dominio mondiale. Noi siamo gli unici in grado di sventare questa minaccia. Dio ci ha dato una missione: salvare il mondo libero! Dobbiamo assumerci le nostre responsabilità. Dobbiamo usare tutto il nostro potenziale per impedire che l'Italia e gli altri paesi dell'Europa occidentale cadano sotto la dominazione di Stalin."

"Io e molti altri al Dipartimento di Stato la pensiamo come te, ma Truman tentenna, non vuole ancora rompere con Stalin. E Byrnes asseconda questa ignobile politica di compromesso."

"Siamo guidati da un branco di dilettanti e inetti. Fottuti avvocati e banchieri con la testa nei loro studi legali e banche d'affari. Pensano ancora di avere spazi di manovra, di poter trattare, di stabilire una convivenza pacifica coi sovietici, e magari farci pure affari!"

"Comunque Byrnes non rimarrà a lungo alla guida del Dipartimento di Stato" affermò Dowling con l'aria di saperla lunga. Così dicendo riempì il bicchiere del maggiore con la bottiglia di vino lasciata sul tavolo dal cameriere. "Il tempo dei pontieri è ormai giunto. Truman ha capito di aver bisogno di uomini più energici per tenere a bada i comunisti. La politica muscolare è l'unica politica che Stalin comprende."

L'altro chiuse gli occhi e svuotò tutto d'un fiato il bicchiere di vino.

Dowling sorseggiò il suo whisky e si accese una sigaretta. "Come farà a piacerti quella robaccia aspra..."

"Il whisky mi dà alla testa. Mentre il vino, quello buono, e qui ce n'è, mi schiarisce le idee."

"Non fa per me. Pensa che prima della guerra, nei tre anni che ho passato alla nostra ambasciata di Roma, quando ai ricevimenti c'era solo vino da bere ci aggiungevo lo zucchero!"

Il maggiore dei servizi americani rimase impassibile.

"Piuttosto, come va con il nuovo ambasciatore?" riprese Dowling.

"Decisamente meglio. Con Dunn c'è sintonia e la nostra azione ha preso maggiore incisività. Kirk era una piaga, un debole, non adatto alla situazione. Mi creava continui problemi con il Dipartimento di Stato. Ultimamente ero costretto a condurre le mie operazioni senza informare l'ambasciata."

"James, cosa stai combinando? Ti sei fatto in quattro per quest'incontro. Io ho preso un aereo da Berlino, tu da Roma."

Angleton non rispose. Il suo sguardo, torvo e impenetrabile, era perso nello spicchio di orizzonte blu tra il molo dei Bersaglieri e il molo Audace, dove il mare si confondeva con il cielo terso e tiepido di quella giornata di metà settembre.

"È bello qui" proseguì Dowling, seguendo gli occhi del connazionale. "Magari mando affanculo la carriera a Washington e mi faccio trasferire a Trieste. Ormai è chiaro che ci rimarremo a lungo."

L'altro girò di colpo il capo e lo fissò dritto negli occhi, attraverso i suoi occhiali dalla montatura pesante. "Ho bisogno del tuo aiuto, Walter. Devo mettere in piedi un'operazione speciale della massima importanza qua vicino, in Venezia Giulia."

"Di che si tratta?"

"Stroncare i tentativi jugoslavi di infiltrare il Partito comunista italiano per spingerlo a una guerra civile come in Grecia."

Dowling sgranò gli occhi, poi sciolse il volto in un sorriso. "Un progetto ambizioso…"

"I miei agenti in Slovenia" proseguì Angleton, incurante dell'ironia dell'altro, "mi hanno riferito che a novembre gli jugoslavi riceveranno una delegazione di comunisti italiani. Si tratta di tre importanti dirigenti del PCI vicini alle posizioni jugoslave. È prevista una consegna di armi e l'invio di consiglieri militari per organizzare una rete clandestina in vista di una sollevazione armata. Ho intenzione di metter su un commando per eliminare i referenti titini del PCI e i consiglieri slavi destinati a seguirli in Italia."

"Un messaggio forte e chiaro per Tito!"

"A Washington ho avuto l'ok di Vandenberg, e qui in Italia Stone e Lee mi hanno garantito il massimo supporto. Ma delle teste di cazzo al Dipartimento di Stato hanno terrorizzato quell'avvocatucolo di Patterson che si è cacato sotto e ha bloccato tutto per paura di scatenare le ire degli jugoslavi."

"Non hanno tutti i torti. I nostri rapporti con Tito sono a dir poco tesi. Sai che non ha preso bene le decisioni di internazionalizzare Trieste e lasciare Gorizia e Tarvisio ai wops." Così dicendo Dowling aprì il quotidiano che aveva ripiegato sul tavolo. Nella prima pagina c'erano due fotografie. Quella più in alto raffigurava i rottami di un aereo, il C-47 americano abbattuto il mese precedente dalla contraerea jugoslava con il pretesto di uno sconfinamento. Nell'altra c'era il profilo di uno dei duecento carrarmati che Tito aveva ammassato attorno a Trieste, assieme a sette divisioni.

Angleton scostò bruscamente il giornale. "Un buon motivo per dare una lezione a quel tagliagole balcanico. Non possiamo consentire che i rossi destabilizzino l'Italia come hanno fatto con la Grecia. E poi non agiremo in prima persona. Nessuno potrà imputarci il raid."

"Cosa intendi?"

"Il commando sarà interamente composto da italiani, uomini del SIM e reduci fascisti. E, comunque vada, la faremo passare per un'azione terroristica di qualche gruppo nazionalista italiano. Il Friuli e la Venezia Giulia brulicano di organizzazioni paramilitari antislave, armate e finanziate dal governo italiano."

"I servizi segreti dei wops sono coinvolti?"

"Nella misura in cui li dirigo io."

Dowling scoppiò in una grassa risata e batté una pacca sul braccio di Angleton. "Sei una forza della natura! Se ti facessero capo della CIG, o come cavolo si chiamano oggi i nostri servizi, in qualche mese metteremmo i rossi alla corde... o faremmo scoppiare la terza guerra mondiale!" Esaurito il riso, tornò serio e affabile. "La settimana prossima rientro a Washington. Ne parlerò direttamente con Acheson. È l'unico che può sbloccare la cosa. Non

ti prometto nulla, ma farò il possibile per la tua operazione."

Capitolo 1

*Governo militare alleato
della Venezia Giulia – Zona A
Carso goriziano*

1946, 9 novembre, 2:08

Il C-47 dell'US Air Force era mezzo vuoto. Dei ventotto posti disponibili nella carlinga solo sei erano occupati, quelli più vicini al portellone di lancio.

Aldo Ganz riusciva appena a distinguere le sagome nere dei tre uomini seduti di fronte a lui. L'altro, al suo fianco, lo sentiva sbattere contro la spalla a ogni vibrazione dell'aereo. Non era molto che volavano, ma il buio, il rumore assordante e le continue sollecitazioni lo avevano gettato in un fastidioso torpore di dormiveglia.

Una gomitata al fianco, rifilata dal vicino, lo scosse. Il copilota americano era uscito dalla cabina di guida e faceva segno di prepararsi. Sopra il portellone di lancio si era accesa una luce rossa.

Riassettò lo zaino militare fissato davanti sulle gambe e controllò le cinghie del paracadute; quindi sganciò la cintura di sicurezza, si alzò e si mise in coda con gli altri, agganciando il moschettone della fune di vincolo al cavo d'ancoraggio.

Agì con estrema calma, i gesti gli venivano naturali. Era pronto e determinato, pervaso dalla tensione che precede ogni lancio, come fosse il primo. Erano mesi che non si sentiva così energico. Si strinse il volto tra le mani. Sentire le guance linde, libere da quella lurida barba, gli produsse una strana sensazione di piacere. Non era più abituato.

Un vuoto d'aria lo fece sobbalzare. Il C-47 aveva rallentato e perdeva quota.

Il tipo che gli era davanti si girò di lato e vomitò.

Ganz non trattenne un sorriso di scherno: l'imbecille doveva aver mangiato prima del volo.

Quando l'aviere americano sganciò il portello, una folata di aria fredda gli sferzò il volto, dileguando l'odore del vomito che aveva impregnato la carlinga.

La luce divenne verde e, uno dietro l'altro, i sei passeggeri del C-47 si lanciarono nel vuoto della notte.

Aldo Ganz li aveva conosciuti qualche ora prima, nella base americana vicino Pisa da cui era partito l'aereo. Ne ricordava a stento il nome. Erano tutti militari italiani che dopo l'8 settembre avevano combattuto a fianco degli Alleati. Tra loro si conoscevano da tempo e sembravano legati da un saldo spirito di corpo. Il comandante della missione, capitano Lazzi, era il tipo che tre settimane prima lo aveva reclutato a Firenze.

***

I fagioli mi facevano schifo. Mia madre non li cucinava quasi mai, e le poche volte che li avevo assaggiati mi avevano lasciato un pessimo ricordo. Ma da quando stavo a Firenze, quasi un mese, erano diventati un appuntamento quotidiano, tra l'altro, il più gradevole.

Ogni giorno quella minestra di fagioli mi rimetteva al mondo. Densa, calda e gustosa, si scioglieva in bocca e, quasi miracolosamente, diffondeva benessere in tutto il mio corpo. Le fitte e il bruciore allo stomaco, un tormento continuo, si attenuavano sino a scomparire. La trachea e i bronchi si liberavano del catarro. I pensieri angosciosi, rimasugli degli incubi notturni, mollavano la presa sulla mia mente annebbiata e fiacca.

Anche quella mattina di ottobre mi ero trascinato alla mensa calda allestita dalla Diocesi fiorentina per la marea di bisognosi e derelitti che premeva sulla città. Profughi, sfollati, sbandati, reduci. Da ogni parte d'Italia.

Io, Aldo Ganz, ero uno di loro.

Mi ero seduto al solito posto, una panca malmessa proprio sotto il cartellone giallo e bianco che rivendicava con caratteri cubitali neri l'identità del benefattore: "PONTIFICIA COMMISSIONE DI ASSISTENZA".

Guardavo dubbioso la scodella di minestra fumante, mentre il vapore intriso di fagioli mi riempiva le narici. Non avevo appetito e mi sentivo più debole del solito. Brutto segno. La vita mi stava abbandonando? Sudai freddo.

Durante la guerra ero pronto a una morte violenta, netta e definitiva, da combattente al fianco dei miei camerati. Facevo il mio dovere di soldato con dedizione e passione, e raramente avevo il tempo di pensarci, alla morte. Mi sentivo forte e ottimista.

Oggi invece, la salute malmessa e l'ozio forzato facevano rimbalzare nella mia testa, notte e giorno, come un biliardino impazzito, l'idea di una fine lenta e dolciastra, tra gli stenti, in mezzo al vomito e alla merda, solo come un cane.

Scacciai quei fantasmi.

Avevo solo un leggero mal di testa, oltre i soliti acciacchi. La lunga fila di fronte alle marmitte mi aveva estenuato. E ora uno sciame di marmocchi cenciosi e sporchi sbraitava e sguazzava nel fango proprio di fronte alla mia panca. Parlavano in polacco: profughi ebrei sopravvissuti alla furia di Hitler.

Ne avevo incontrati a migliaia negli ultimi mesi. Divisi in piccoli gruppi calavano lungo la penisola, in attesa di un imbarco per la Terra promessa. Osservarli mi scatenava ogni volta sentimenti contrastanti, di compassione e rabbia. I ragazzi che avevo di fronte erano guidati da alcuni adulti, giovani donne e uomini poco più grandi di loro. Senz'altro avevano perso i loro cari nei campi di sterminio e dovevano averne passate di tutti i colori sotto gli aguzzini di Hitler; ma nonostante tutto, i loro occhi sprizzavano felicità, voglia di vivere, speranza nel futuro. A differenza mia, avevano un progetto da realizzare, un obiettivo per cui lottare, un posto dove andare.

Giusto per tirarmi un po' su, mi misi a canticchiare il ritornello di una canzone che avevo sentito più volte alla radio. Era di Natalino Otto e sembrava scritta per me: "Solo me ne vò per la città /passo tra la folla che non sa /che non vede il mio dolore /cercando te sognando te /che più non ho."

D'un tratto una scarica di adrenalina mi scosse da capo a piedi.

I miei occhi stanchi avevano colto un'anomalia nell'umanità grigia e logora che frequentava la mensa diocesana: due uomini vestiti di scuro con cappelli flosci calati sulla fronte, seguiti da tre carabinieri e due soldati americani della polizia militare; si facevano largo tra la folla con modi bruschi e puntavano decisi verso di me.

Cercai di tranquillizzarmi e col dorso delle mani mi stropicciai gli occhi. Di sicuro cercavano qualcun'altro. Nessuno mi conosceva in città, e comunque avevo preso ogni precauzione possibile per celare la mia identità. Quella di essere braccato era un'altra delle mie dannate ossessioni.

No, stavolta avevo visto giusto.

Mi fissavano e uno dei due in borghese, gridando qualcosa in inglese, mi indicò col braccio ai militari dagli elmetti bianchi.

Scattai come una molla, travolsi i bambini davanti e mi lanciai verso l'ingresso del cortile.

Mentre risalivo le due file di affamati di fronte alle marmitte di minestra, sentivo gli inseguitori dietro di me, sempre più vicini: gli incitamenti tra i denti, il respiro affannato, lo sciaguattio delle scarpe nelle pozze di fango. Era questione di secondi e mi avrebbero preso.

Dovevo assolutamente trovare qualcosa per seminarli… i calderoni fumanti. Appena li raggiunsi mi ci aggrappai e, di fronte allo sguardo attonito delle suore, con un colpo di reni, li rovesciai alle mie spalle.

Avevo conquistato l'uscita del cortile, mentre dietro di me regnava il caos, con gli inseguitori momentaneamente neutralizzati che urlavano e bestemmiavano come ossessi.

Non pensavo di avere ancora tanta energia.

A lunghe falcate, senza correre per non dare nell'occhio, mi diressi verso piazza San Lorenzo. Era giorno di mercato e far perdere le tracce sarebbe stato un gioco da ragazzi.

Sperduto e sfinito, mi mischiai tra la folla e cominciai a vagare tra le bancarelle. Cercai poi un posto dove prendere fiato e ragionare a mente fredda.

Non potevo tornare alla baracca. Troppo rischioso. Se mi avevano trovato alla mensa, sapevano anche dove dormivo.

Mi accucciai dietro un carretto, in mezzo a enormi balle di patate. Da lì potevo tener d'occhio la piazza senza esser visto.

Appena in tempo. I due americani della polizia si aggiravano tra i banchi del mercato come mosche bianche. Poco dietro spuntarono anche sei carabinieri. I bastardi avevano chiamato rinforzi, ringhiai tra me.

"Ehi, sudicio pezzente, che cazzo fai tra la mia roba!?"

Un contadino di mezza età mi stava sopra, con lo sguardo arcigno e i pugni chiusi, pronti a colpire.

Sbiancai e rimasi immobile, con la bocca aperta. Quindi cercai di quietare il contadino. "Niente, Niente. Mi sono sentito male. Me ne vado subito…"

"Bugiardo, volevi rubare le patate!" mi incalzò quello alzando la voce, per poi volgere lo sguardo alla sua destra. "Vanni, Aldo. Venite qua. Questo pezzente voleva rubarci le patate!"

Mi alzai in piedi e guardai attorno, mentre un timido raggio di sole mi accarezzò il volto, squarciando la coltre di nubi che da giorni avvolgeva la città.

L'alterco aveva attirato l'attenzione e un numero crescente di persone accorreva per curiosare, mentre i tre proprietari delle patate si facevano minacciosamente attorno a me. Uno di loro mi afferrò un braccio. Temporeggiai cercando di spiegare, ma quando con la coda dell'occhio vidi un elmetto bianco avvicinarsi, rifilai un'improvvisa e violenta testata al contadino che mi teneva. Quello si accasciò a terra con la faccia spaccata come un cocomero. Gli altri due si pietrificarono dalla paura, con occhi e bocche aperte. Io non persi un attimo e iniziai a correre dalla parte opposta degli elmetti bianchi, verso la chiesa di San Lorenzo.

Sentivo i soldati sbraitare, urlare in goffo italiano di fermarmi. Ma i poliziotti, americani o italiani che fossero, non erano poi così amati, o almeno lo erano meno di chi, per tirare avanti, si dedicava alla borsa nera o ad altri piccoli traffici illeciti. I fiorentini mi sostenevano, con sorrisi e sguardi di complicità, si tiravano indietro al mio passaggio, per poi richiudersi e ostacolare la corsa degli inseguitori. A poco a poco li stavo staccando. Se riuscivo ancora a tener duro potevo seminarli di nuovo.

"Fermatelo, è un fascista, è un repubblichino!"

L'infamante accusa passò di bocca in bocca e come una scarica elettrica pervase tutta la piazza.

La folla, prima amica, divenne un muro impenetrabile di tentacoli che mi fermò, immobilizzò e gettò a terra, sulla scalinata di pietra del sagrato della chiesa.

D'altro canto gli americani e i carabinieri si trasformarono in salvatori: il loro intervento a suon di manganellate mi salvò da un sicuro linciaggio.

Mi alzarono di peso per le ascelle e, tra sputi e ingiurie di ogni genere della folla inferocita, mi trascinarono verso piazza del Duomo. Benché frastornato e sfinito, intesi che i soldati americani seguivano gli ordini di un borghese in soprabito nero, lo stesso della mensa. Parlava loro in inglese, con forte accento italiano, e la voce era la stessa che in piazza mi aveva accusato di essere un fascista.

A metà della via di Borgo San Lorenzo entrammo in una piccola osteria. I carabinieri dopo aver scacciato la marmaglia che ci aveva seguito sin là, per lo più ragazzetti, rimasero a presidiare l'ingresso.

Il locale, angusto e male illuminato, era deserto.

Mi gettarono su una sedia traballante, vicino a un tavolino con sopra un fiasco di Chianti e un quotidiano americano spiegazzato. Su una sedia erano poggiati un cappello floscio e un ulster, entrambi di colore marrone scuro.

Tutti gli altri rimasero in piedi. I due soldati americani, sopra di me, mani dietro la schiena, gambe larghe e manganello penzoloni al cinturone.

Nessuno aprì bocca.

La tenda che dava sul retro fu scostata da un uomo alto, un po' curvo, intento a chiudersi la patta dei pantaloni. Indossava un cardigan nero e pantaloni di flanella grigi. Quando alzò gli occhi e si accorse del gruppetto in attesa, esplose in un sorriso.

"Ah bene, Mr. Ganz ha finalmente accettato il nostro invito!"

Aveva parlato in perfetto italiano, con una leggera inflessione anglosassone. Scostati soprabito e cappello, si sedette di fronte a me e invitò l'altro in borghese a fare altrettanto, mentre i soldati occuparono un tavolo più distante. Dal nulla comparve l'oste con tre bicchieri che poggiò sul tavolo.

"Una bellissima città! Non trova?" continuò l'uomo col cardigan rivolgendosi a me, mentre l'altro si era tolto il cappotto e riempiva i bicchieri di vino.

Lo guardai dritto negli occhi, afferrai un bicchiere e ci sputai dentro un grumo di catarro verdognolo. Non ero proprio dell'umore per fare conversazione con quelle due teste di cazzo; e poi non bevevo alcolici. Se al posto del vino mi avessero offerto sigarette americane, non so se avrei avuto la forza di sputarci sopra!

"Capisco" sorrise l'anglosassone. "Lasciamo stare i convenevoli e andiamo subito al sodo."

Poggiò le braccia sul tavolo e avvicinò la faccia alla mia. Il volto, magro e spigoloso, era diventato duro. Gli occhi, dietro pesanti occhiali, stretti e penetranti.

"Mr. Ganz, noi abbiamo bisogno di lei, quanto lei ne ha di noi."

I due uomini, in quell'angusta osteria di Firenze, non persero molto fiato a convincermi. In neanche un'ora eravamo giunti a un accordo.

L'americano era un maggiore dei servizi di intelligence e si chiamava James Angleton, o almeno così aveva detto di chiamarsi. Era giovane, sui trent'anni, poco più grande di me. Anche se ne dimostrava di più, come tutti quelli che avevano fatto la guerra.

L'altro, Marco Lazzi, era un capitano italiano del SIM. I modi boriosi e l'accento romanesco ingentilito da una buona cultura, lo indicavano come esponente dell'alta burocrazia romana. Tra i due vi era grande confidenza. L'esperienza nei servizi segreti militari, la giusta e tempestiva scelta di campo, l'ottima conoscenza dell'inglese dovevano avergli spianato la strada, facendone un utile e fidato collaboratore degli Alleati.

Avevano bisogno di me per una missione al Nord, nella zona contesa della Venezia Giulia, oggi in parte amministrata dagli angloamericani, in parte dai comunisti jugoslavi.

A sentir nominare quei luoghi fui attanagliato da nausea e atroci fitte allo stomaco, e quasi svenni. Era là che avevo fatto gli ultimi anni di guerra, i più sanguinosi e crudeli. Ma soprattutto era là che, a guerra finita, gli jugoslavi mi avevano catturato e tenuto prigioniero per quasi un anno, segnandomi, forse in modo indelebile, anima e corpo.

Io, però, non avevo niente da perdere e il futuro che mi attendeva non prometteva nulla di buono.

Ero solo al mondo, reietto in mezzo a un popolo di reietti.

Eravamo entrati in guerra come una grande potenza, sicuri della vittoria, per edificare un impero nel Mediterraneo, conquistare il nostro spazio vitale, sottomettere e civilizzare i selvaggi popoli dell'Africa e dei Balcani; ne eravamo usciti sconfitti, asserviti, umiliati, abbrutiti e prostrati, dopo tre anni di cocenti disfatte su tutti i fronti, la capitolazione con la dissoluzione dello stato e delle forze armate, l'occupazione straniera, la guerra civile, la perdita della sovranità chissà per quante generazioni.

Quanto a me, la guerra mi aveva portato via la patria, la casa, la famiglia, gli amici. Ero senza una lira. Lavoro non c'era, soprattutto per i reduci che avevano combattuto dalla parte sbagliata. Avevo bisogno di cure: la prigionia mi aveva minato la salute. E poi dovevo lasciare al più presto l'Italia. Ero ricercato, proprio dagli jugoslavi. Il mio nome compariva in una lista di criminali di guerra italiani pubblicata sui principali quotidiani nazionali. Tito aveva chiesto alle Nazioni Unite la mia estradizione ed era più facile che gli Alleati e il governo italiano cedessero un pesce piccolo come me, piuttosto che i generaloni della II Armata che avevano comandato il nostro esercito nei Balcani.

Erano settimane che aspettavo i soldi e i documenti falsi per fuggire in Spagna.

A Roma avevo incontrato i vecchi collaboratori del Generale, gente scaltra, capace di rimanere sempre a galla. Occupavano ruoli chiave nelle nuove istituzioni repubblicane. Mi avevano garantito aiuto, chiedendomi però di rimanere lontano dalla capitale sino al momento opportuno. Troppo rischioso.

Così mi ero rintanato a Firenze, tirando avanti con la carità della Chiesa. Ma qualcuno a Roma mi aveva tradito.

Gli americani e i loro lacchè badogliani mi avevano trovato subito, a colpo sicuro. Sapevano tutto di me. Mi avevano in pugno, potevano farmi ciò che volevano. Era bastato che quel capitano del SIM mi desse del fascista – come se tutti gli italiani non lo fossero stati prima della caduta di Mussolini! – per essere quasi linciato dalla folla del mercato. Se poi mi consegnavano agli slavi, come aveva fatto intendere il maggiore americano nel caso avessi rifiutato di collaborare, sarebbe stato anche peggio.

Gli ultimi dubbi erano svaniti di fronte alla mia immagine. Lo specchio era attaccato al bancone e all'inizio, per la scarsa luce dell'osteria, non lo avevo notato. Poi, mentre l'americano mi parlava della missione, mi ci era caduto l'occhio.

Non pensavo di essere piombato così in basso. Stentavo a riconoscermi in quello spettro d'uomo vestito di panni militari rattoppati e scoloriti. La barba e i capelli lunghi, unti e incrostati. Il volto emaciato e giallognolo. Gli occhi rossi e affossati. Lo sguardo allucinato.

Odiavo gli americani, per aver devastato l'Italia, raso al suolo la mia città, sterminato la mia famiglia. Odiavo i badogliani, per aver umiliato e svenduto la Patria e i suoi soldati. Ma non avevo scelta.

Capitolo 2

Il minuto scarso di adrenalina pura.

Sospeso nel vuoto.

Avvolto dal soffio pungente dell'aria notturna.

Il ronzio dell'aereo, fino a un attimo prima assordante, sempre più lontano.

Il silenzio assoluto e solitario prima di toccare terra.

Era dall'inverno del '45 che Aldo Ganz non provava queste sensazioni.

Centrò senza difficoltà la zona di atterraggio, uno spiazzo erboso contrassegnato da alcune torce. Accanto a lui, tra capriole e imprecazioni, atterravano gli altri.

"Forza, forza, raccogliere i teli, veloci!" bisbigliava il capitano Lazzi. "Ci siamo tutti? Appello!"

"Dainelli."

"Esposito."

"Ganz."

"Romita."

"Dove cazzo è il tenente Conti? Qualcuno l'ha visto?"

"È caduto da quella parte" riferì Esposito indicando un'altura a sud.

"Tu e Dainelli andate a cercarlo. Fate presto."

Appena i due scomparvero nel buio, Lazzi si accese una sigaretta e ne offrì una a Romita. Si avvicinò poi a Ganz, tra grigie nuvole di fumo: "E bravo crucco. Non pensavo di ritrovarti tutto intero dopo il lancio."

Quello non rispose, né distolse lo sguardo dalle due ombre che raccoglievano le torce attorno a loro. Le immergevano in un secchio d'acqua e le riponevano in un sacco di tela.

Aldo Ganz era troppo soddisfatto della prova per raccogliere provocazioni. Aveva decine di lanci alle spalle, ma era la prima volta che usava un paracadute americano. La tecnica di lancio dei tedeschi era completamente diversa e l'addestramento alla base di Pisa era durato solo pochi giorni.

"Romita, aspetta qui gli altri" riprese Lazzi. "Tu Ganz vieni con me. Non so con chi cazzo abbiamo a che fare. Magari mi serve l'interprete." Così dicendo si incamminò verso l'ultima torcia fumante.

Ganz srotolò il fedora marrone scuro che aveva nella tasca del giaccone e se lo calzò in testa. Quindi, con il capo ben riparato dalla bora, seguì Lazzi. Quel cappello gli stava a pennello ed era di ottima qualità, un Borsalino, il migliore che avesse mai avuto. Lo aveva vinto a braccio di ferro con un soldato americano della base in Toscana, pochi giorni dopo il suo arrivo. Il muscoloso americano, vedendolo magrolino e deperito, pensava di vincere facile una razione extra di sigarette, ma si sbagliava di grosso. Da allora Ganz non se n'era più separato.

"Benvenuti nel Carso."

Ganz, coperto dal massiccio corpo del capitano, sobbalzò a sentire quella voce squillante e limpida, la voce di una donna.

Anche Lazzi era rimasto colpito. Si era bloccato senza spiccicare parola, con le braccia inerti lungo il corpo e la sigaretta penzoloni tra le labbra.

La donna allungò la mano destra aperta e strinse con una presa energica e asciutta la mano di Lazzi, poi quella di Ganz.

"Mi chiamo Jana Košić. Sono il vostro contatto a Gorizia."

L'incontro con quella donna procurò uno strano effetto su Ganz. Un déjà vu. Un riaffiorare di emozioni e ricordi non lontani, ma sepolti nella memoria. Forse il nome sloveno. Forse il suo italiano. Perfetto, come lo sapevano parlare gli sloveni della Venezia Giulia, ma pronunciato con una leggera inflessione veneta e le "o" aperte, l'accento tipico di quelle zone.

Jana era accompagnata da un uomo sulla cinquantina, schivo e taciturno, di nome Sveto, anch'egli sloveno. Fu lui a indicare una foiba dove sbarazzarsi dei paracadute. Conti disse di aver provveduto per suo conto, in una cavità vicino al luogo di caduta. Era atterrato su un poggetto sassoso al di là di una prunaia, e per l'oscurità e il terreno impervio Esposito e Dainelli avevano impiegato una buona mezz'ora a ritrovarlo.

Cancellate le tracce dell'atterraggio e recuperato Conti, si inoltrarono nella landa carsica sotto la luce argentea della luna.

Il terreno era irregolare e accidentato. Affrontarono numerosi rilievi, seguiti da altipiani e impervi dirupi, lungo sentieri sassosi, costeggiando doline, attraverso distese di erbaccia lunga e sterposa con rocce taglienti che affioravano ovunque, macchie di arbusti e sparuti boschetti di querce. Onnipresenti e inquietanti i residui della grande guerra: mucchietti di ossa umane, brandelli di ricoveri in legno e cemento, ferrame arrugginito nelle forme sbertucciate di bossoli, elmetti, cartuccere, baionette, bocche di cannone. Un paesaggio lunare che affascinava e intimoriva.

Ganz aveva combattuto lì negli ultimi anni della guerra e ricordava con nostalgia le giornate di pattuglia passate coi suoi camerati su queste lande rocciose, tra avversità di ogni genere. La bora che infieriva. Le vipere nascoste dietro le rocce. Il sole impietoso. I dirupi improvvisi e mortali. Le mine inesplose dell'altra guerra. Le continue imboscate dei partigiani.

All'inizio della camminata il capitano Lazzi aveva sollevato dei dubbi. Il terreno non offriva ripari e rischiavano di essere avvistati da qualche pattuglia o dai casolari che luccicavano poco lontano, ma la ragazza disse di non preoccuparsi. E infatti, dopo un primo breve tratto allo scoperto, si inabissarono in una rete di sentieri incassati tra pareti di roccia, muretti a secco e in malta, barricate di sterpi. Erano le trincee e i camminamenti costruiti da italiani e austriaci durante la prima guerra. Procedevano in silenzio, attenti a dove mettere i piedi. Faceva strada Sveto. Si orientava con la sola luce della luna, mostrando di conoscere perfettamente la zona.

Camminarono per due ore e si fermarono a un casolare abbandonato, a pochi chilometri da Gorizia. Lì avrebbero passato il resto della notte. Non potevano entrare in città perché nei giorni precedenti c'erano stati tumulti e il governo militare aveva decretato cinque giorni di coprifuoco. Le due guide sarebbero tornate alle prime luci dell'alba per introdurli in città e fornirli delle informazioni e dell'attrezzatura necessarie per compiere la missione.

"Che razza di freddo" si lamentò Esposito. "Tutta la notte in questo tugurio puzzolente sopra un letto di paglia umida."

"Almeno potessimo accendere un fuoco" sospirò Romita stringendosi nel cappotto.

"Peggio che al fronte" intervenne Dainelli. "Vi ricordate quella notte a Filottrano nelle Marche, prima dell'offensiva contro i tedeschi…"

"Però, non sembra male!" esclamò Conti.

"Cosa?" chiese Esposito.

"La donna."

"Come fa a dirlo, tenente. Era buio ed era avvolta da un cappotto!" replicò Dainelli.

"Ha una bella voce e un buon odore."

"Se le basta quello…" sghignazzò Romita.

"Ha detto di chiamarsi Jana Košić" osservò Esposito, "e se non sbaglio è un nome slavo."

"Allora perché è dalla nostra parte?" domandò Romita. "Gli jugoslavi sono nostri nemici, no?"

"Non tutti sono comunisti" spiegò Conti. "Durante la guerra molti sloveni, croati e serbi hanno combattuto al fianco dell'Asse."

"Però parla bene l'italiano" disse Dainelli. "Mentre l'altro, l'uomo, non ha aperto bocca, forse non parla la nostra lingua. Lui di sicuro è slavo. Gli ho visto la faccia alla luce della torcia. Ha gli occhi acquosi, gli zigomi pronunciati e i capelli slavati di quella razza di pecorai." Quindi si rivolse a Ganz. "Tu che conosci questa gente, non hai niente da dire?"

Ganz, raggomitolato a terra e con le braccia tra le ginocchia, non mosse un muscolo.

"Ehi Ganz, com'è che parli la lingua di quei selvaggi?" domandò Esposito. "Il tenente Conti ha combattuto due anni nei Balcani, è stato loro prigioniero, ma non ha imparato una parola! Non sarai anche tu uno di loro? Il tuo cognome non è italiano, vero?"

"Idiota!" lo riprese Romita. "Ganz è un cognome tedesco!"

La bocca di Dainelli si increspò in un sorriso ironico. "Il nostro interprete è uno sporco nazista che assieme ai suoi compari crucchi dava la caccia ai partigiani di Tito. E oggi si è venduto ai vincitori!"

"Non penso di essere l'unico italiano a esser saltato sul carro dei vincitori" rispose laconico Ganz, senza alzare lo sguardo.

"Cosa vuoi dire?" chiese Romita.

"A differenza di voi badogliani io ho mantenuto fede al mio onore di soldato fino all'ultimo…"

Esposito e Dainelli si lanciarono contro Ganz. "Bastardo! Infame! Fascista!"

"Perché, voi cosa eravate fino all'8 settembre?" domandò quello, estraendo velocemente e puntando loro in faccia una beretta calibro 34. "Un'amnesia collettiva deve aver colpito noi italiani. Pare che nessuno sia mai stato fascista. Chissà chi, per vent'anni, ha riempito di folle oceaniche inneggianti al duce le piazze delle nostre città. Forse erano marziani. Di questo passo, tra qualche anno ci convinceremo di aver vinto la guerra…"

"Ora basta" si intromise Lazzi, avvicinandosi con un balzo. "Ganz, metti via quell'arnese. E voi due tornate a sedere. Basta con il passato. La guerra è finita. Oggi abbiamo un nemico comune, i bolscevichi, e una missione da compiere. La patria ha bisogno di noi! Non possiamo fallire."

"Non capite. L'Italia non ha perso solo la guerra, come la Germania. Ha perso anche l'onore e per recuperarlo ci vorrà molto di più che ricostruire strade e ponti distrutti."

"Ganz, piantala con queste minchiate sull'onore" inveì Lazzi, che con una violenta gomitata allo stomaco gli tolse il fiato, per poi disarmarlo e inchiodarlo al muro con una mano alla gola. "Dopo l'armistizio tu hai scelto la parte sbagliata, noi quella giusta. Oggi hai l'occasione di rimediare. Non c'è altro da aggiungere."

Ganz, liberato dalla presa del capitano del SIM, si accasciò a terra in preda a nausea, conati di vomito e le solite fitte allo stomaco.

"La scelta era obbligata" riuscì a farfugliare.

"Raccogli la tua pistola e alzati" lo incalzò Lazzi, mentre gli altri attorno sghignazzavano. "Cominci tu il turno di guardia. Un'ora ciascuno."

Lazzi seguì Ganz fuori dal casolare.

"Maledetto crucco, è inutile nasconderlo, tu non mi piaci. Fosse stato per me ti avrei riconsegnato agli jugoslavi. Loro sanno come trattare quelli come te. Per tua fortuna il maggiore Angleton ha deciso diversamente, ed è lui che comanda. Se farai il tuo dovere, non avrai niente da temere e otterrai quanto promesso. E forse, chissà, potrei anche cambiare idea sul tuo conto. Ma se sgarri…"

Il capitano terminò la frase passandosi un dito alla gola e, proprio in quel momento, gli tornò alla mente lo scambio di battute avute con Angleton dopo che avevano trovato Ganz a Firenze.

Lazzi e Angleton si erano soffermati sull'uscio dell'osteria e il loro sguardo accompagnava i carabinieri intenti a scortare Ganz verso piazza Duomo, dove lo aspettava un camion dell'US Army.

"Non mi piace. Non mi fido di quel nazista e soprattutto di chi ce l'ha raccomandato" sentenziò l'ufficiale italiano aspirando avidamente la sigaretta. "E poi, James, hai visto com'è ridotto! Regge l'anima coi denti… nella missione sarà solo d'impaccio."

"In effetti non scoppia di salute" ridacchiò l'americano. "Ma parla sloveno e serbo-croato, e conosce perfettamente i luoghi."

"Abbiamo già molti agenti sul posto!"

"Marco, se combinerà qualche casino te ne sbarazzerai e nessuno verserà una lacrima."

Lazzi scosse la testa gettando con stizza la sigaretta sulla strada.

"E poi i suoi occhi" proseguì Angleton. "Hai notato anche tu? Sono determinati, spietati. Sono gli occhi di un uomo pronto a tutto pur di ritornare a vivere. Lo spirito del combattente è ancora vivo in lui. Il Generale è un tipo prudente, non parla a vanvera. Quell'uomo è stato addestrato da voi italiani e dai tedeschi alle più moderne tecniche di controguerriglia, e per anni le ha messe in pratica nei Balcani. Caro Marco, sono sicuro che ti sarà utile. Il mio intuito raramente sbaglia."

"Merda. È solo un cadavere. Dubito che esca intero dal lancio."

"Pensavo di esser stato chiaro. Se si spezza una gamba o altro, te ne liberi subito. Non deve intralciare in alcun modo la missione."

"Non temere, non fuggirò, né vi ostacolerò. Il mio futuro dipende dall'esito di questa missione."

La voce profonda di Ganz, in un italiano freddo, privo di qualsiasi ombra di accento, riportò la mente di Lazzi al casolare abbandonato nel carso goriziano.

Esitò prima di rispondere. "Vedremo. Ma non provocare i miei uomini e sappi che ti tengo d'occhio. Io non mi fido di nessuno…"

"Questo vale anche per gli altri?" domandò Ganz a bruciapelo.

"Che intendi dire?"

"Da quanto li conosci?"

"Non sono affari tuoi."

"Ti fidi di loro?"

Lazzi si voltò e s'incamminò verso l'edificio. Prima di entrare si soffermò a schiacciare la sigaretta sullo stipite della porta. "Li ho comandati sul fronte adriatico, nell'estate del '44. Eravamo nel Corpo italiano di liberazione, con l'VIII Armata britannica. Poi mi hanno seguito a Roma per una serie di operazioni sotto copertura con gli americani dell'OSS. Sì, mi fido di loro."

Ganz si ritrovò solo, in quella notte umida dell'autunno isontino. Si appoggiò al muro, spinse indietro sulla nuca il cappello e gettò uno sguardo alla luna in parte nascosta da un banco di nuvole. Un brivido gli percorse la schiena. Come gli altri indossava un logoro abito di rayon – secondo gli americani dei vestiti di lana avrebbero dato nell'occhio – e fuori faceva un freddo cane; ma almeno l'aria era pulita e non impregnata di sudore, paglia rancida e muffa.

Ancora scosso e stordito, tirò fuori il pacchetto di Lucky Strike. Prese una sigaretta, se la mise in bocca e l'accese. Le mani erano malferme. I movimenti lenti e maldestri.

Tirò una prima boccata nervosa, quindi iniziò a inspirare lentamente, gustando sul palato il sapore del tabacco americano, dolce e intenso. I nervi si distesero, la mente si schiarì. Al di là di tutto, l'accordo con gli americani gli aveva garantito sigarette in abbondanza e di ottima qualità. Con un brivido pensò ai mesi di prigionia in Jugoslavia senza tabacco. Per attenuare la nausea che lo perseguitava tutto il giorno si era ridotto a succhiare pezzetti di legno che staccava dalle pareti delle baracche. A Firenze le cose erano andate meglio, grazie ai mozziconi che raccattava per terra e alle rare sigarette scroccate a qualche anima gentile. Ma ora con le Lucky Strike era tutta un'altra musica. La gustosa fragranza di quel tabacco gli ricordava gli spensierati e felici anni del liceo, prima della guerra. A quei tempi la sua città era un porto franco e di sigarette d'importazione se ne trovavano di tutte le marche e a buon prezzo.

Senza rendersene conto aveva coperto la sigaretta con le mani a coppa. La forza dell'abitudine imposta dalla guerra.

Appoggiò di nuovo la schiena al muro del casolare e chiuse gli occhi. Non aveva ancora inquadrato Lazzi. Il fisico atletico, gli occhi chiari, il volto da piacione gli ricordavano Massimo Girotti, il divo del cinema. La boria e il patriottismo a chiacchiere erano del tipico ufficiale romano imboscato nei ministeri. Nel breve alterco di prima, però, si era dimostrato energico e di riflessi pronti. D'istinto si portò una mano alla gola. Gli faceva ancora male per la stretta ricevuta. Aveva pochi elementi, superficiali e contraddittori. Era inutile fare altre congetture. Il vero volto del capitano sarebbe emerso solo in azione, di fronte a reali situazioni di pericolo, che certo non sarebbero mancate.

Nel ripercorrere lo scambio di battute avute con Lazzi, gli tornò alla mente il volto spigoloso del maggiore James Angleton. L'incontro con quell'americano gli aveva cambiato il destino, se in bene o male ancora non lo sapeva. Dopo il primo movimentato incontro a Firenze, lo aveva rivisto solo un'altra volta.

✳✳✳

Mancavano poche ore alla partenza e per la prima volta ci avevano riuniti tutti assieme.

Conoscevo solo il maggiore americano e Lazzi, gli altri componenti del commando non li avevo mai incontrati.

Dal giorno del mio reclutamento a Firenze, avevo passato le tre settimane di attesa dentro la base militare, in pieno isolamento, alternando le cure mediche con la pratica delle tecniche di lancio americane.

In una piccola sala riunioni, di fronte a un pannello con una serie di mappe in scale diverse della Venezia Giulia, il maggiore Angleton era stato lapidario.

Si trattava di una missione segreta organizzata dai servizi statunitensi nell'interesse dell'Italia e del mondo libero. Nome in codice Red Shield. Il capitano Lazzi aveva il comando sul campo. La zona di operazioni era la città di Gorizia, nel territorio sotto amministrazione del GMA, il Governo Militare Alleato. Dovevamo arrivarci in incognito, con un lancio notturno, all'insaputa delle autorità militari alleate. Così, se venivamo scoperti feriti catturati, né il governo americano, né tantomeno quello italiano, avrebbero mosso un dito. Additati come sbandati repubblichini al soldo di qualche banda neofascista, ci avrebbero lasciati al nostro destino: la fucilazione. Nessuno ce l'aveva detto, era scontato.

Agenti degli americani di stanza a Gorizia ci avrebbero prelevati dal terreno di lancio per condurci in città. Là avremmo atteso l'arrivo degli obiettivi, tre dirigenti del PCI che si recavano a Gorizia per prendere contatti con gli jugoslavi. Dovevamo eliminarli, tutti. La loro identità non era nota, né il tragitto che avrebbero seguito per raggiungere Gorizia. Si sapeva solo che erano tre ex comandanti partigiani delle brigate Garibaldi; provenivano dal nord-ovest, probabilmente Lombardia e Piemonte; dovevano arrivare a Gorizia l'11 novembre, per poi incontrare gli uomini di Tito il giorno successivo, in territorio sotto controllo jugoslavo.

Dovevamo indossare abiti borghesi e nel lancio potevamo portare solo pistole e coltelli. Gli agenti di Gorizia avrebbero fornito tutta l'assistenza necessaria per il compimento della missione: il supporto logistico per introdursi a Gorizia, le informazioni per localizzare gli obiettivi, le armi automatiche e le bombe a mano per liquidarli.

Dopo la riunione avevo fatto in modo di trovarmi a tu per tu con Angleton.

Ricordavo esattamente il breve dialogo tra noi.

"Mr. Ganz, sbarbato e ripulito sembra un'altra persona, decisamente più giovane." Aveva esordito l'americano, sorseggiando una grande tazza di liquido scuro. "Tre settimane di cure e buon cibo sono bastate a rimetterla al mondo."

Non era caffè. L'alito forte e acidognolo dell'americano era frutto del vino. Non sopportavo l'alcol e avevo a stento trattenuto un insulto di vomito, trasformando la smorfia di disgusto in un sorriso stirato.

"Sono ancora tormentato da nausea e atroci fitte allo stomaco" mi ero giustificato. "Vomito di continuo e per giorni non riesco a mangiare niente. Il vostro medico mi ha detto che si tratta di ulcere gastriche."

"Sì, ho saputo. I postumi delle prigioni titine."

"Ho bisogno di un'operazione chirurgica e cure adeguate. Il medico è stato chiaro."

"Qui non abbiamo l'attrezzatura adatta, né il tempo. Si è scordato che tra poche ore dovrà salire su un C-47?"

"Dopo la missione mi dovete garantire quest'operazione allo stomaco e tutte le cure necessarie."

Gli occhi dell'americano si erano fatti piccoli, dietro le spesse lenti da vista. "Mi sta chiedendo molto. Devo sentire il medico. Non so se in Italia di questi tempi è possibile…"

"Negli Stati Uniti, se occorre."

Angleton era scoppiato a ridere. "Mi sembra un po' troppo per un rinnegato nazifascista che ha già ottenuto la libertà, un bel gruzzolo di soldi e un lasciapassare per la Spagna."

Le mie mascelle si erano irrigidite e la voce era divenuta roca. "I soldi se li può tenere. Ho venticinque anni e ciò che voglio è la mia vita."

"Siete in sei nel commando, e lei è stato aggregato all'ultimo, senza addestramento. È poco più di un interprete."

"Conosce il mio passato. Chi mi ha tradito a Roma deve averle detto cosa facevo in guerra. Anche se non sono al cento per cento, sa bene che non conosco solo le lingue. Il mio contributo potrà essere determinante…"

Angleton aveva esitato alcuni istanti prima di rispondere e i suoi occhi si erano stretti in due fessure impenetrabili puntate su di me, come fossero radar capaci di percepire i miei più reconditi pensieri.

"Sì, lei ha perfettamente ragione Mr. Ganz. Sono abituato a giudicare le persone a pelle. Lo sguardo, il tono della voce, la semplice stretta di mano. E la mia prima impressione trova spesso conferma. Lei mi piace. È un italiano taciturno, determinato e ostinato. È diverso dalla gran parte degli ufficiali italiani che ho conosciuto, servili e inaffidabili. I suoi occhi danno l'idea di risolutezza e decisione. Se è vero quanto mi hanno riferito sul suo passato, sono certo che sarà un ottimo investimento."

Ero rimasto perplesso. Non mi aspettavo tale confidenza e schiettezza da un uomo che mi aveva incontrato due volte e che aveva il mio futuro nelle proprie mani.

"Accetto la modifica del nostro accordo" aveva proseguito Angleton. "Però a una condizione. Oltre a eliminare quei tre comunisti al soldo di Tito, dovrà farmi un altro servizietto, ancor più delicato."

L'americano si era improvvisamente voltato verso un angolo della stanza. Con poche lunghe falcate aveva raggiunto un mobiletto di legno, tirato fuori una bottiglia e cominciato a riempirsi la tazza. Potevo vedere i suoi occhi brillare alla fredda luce della lampada appesa al soffitto mentre il liquido scuro scrosciava nella tazza.

Ogni uomo aveva le sue debolezze e io diffidavo sempre di chi non ne mostrava alcuna.

"All'interno dell'Ufficio operazioni speciali per l'Italia, all'interno del mio ufficio, c'è una talpa. Ne ho le prove. Gli agenti sovietici e jugoslavi in Italia sanno in anticipo tutte le mie mosse. Dopo lunghe e accurate indagini ho ridotto i principali sospettati a quattro uomini. I membri del commando, escluso Lazzi." Aveva parlato con pacatezza e indifferenza, come se stesse commentando il tempo, mentre tutta la sua attenzione sembrava essere assorbita dall'arduo compito di far rientrare il tappo di sughero nel collo della bottiglia.

"Perfetto" avevo sogghignato. "All'interno del commando c'è un sabotatore e gli avversari sanno in anticipo le nostre mosse. Praticamente una missione suicida."

Angleton non aveva raccolto la mia ironia. "Anche Lazzi sa della talpa all'interno dell'Ufficio, ma è convinto che non sia uno del commando. Sono tutti suoi uomini e si fida di loro. Io no. Non gli ho detto che ti avrei informato della cosa e non dovrà saperlo. Durante l'operazione la spia sarà costretta a fare qualche passo falso o venire allo scoperto. Tu dovrai individuarla, neutralizzarla e, se possibile, riportarla viva da me."

Avevo assentito con un cenno del capo.

Era passato dal "lei" al "tu". Il nostro rapporto di collaborazione aveva decisamente preso una piega di forte confidenza, e io ne avevo subito approfittato.

Per incrementare le mie prestazioni e dare il massimo durante la missione, avevo bisogno di una cosa; una cosa per me cruciale, ma che poteva essere fraintesa e pregiudicare il giudizio – a questo punto positivo – che l'americano si era fatto di me. Merda, dovevo rischiare! Ne andava dell'esito dell'operazione e, quindi, del mio stesso futuro. Sicché mi ero fatto coraggio e avevo sputato il rospo, prendendola però alla larga.

"Durante la guerra, quando combattevo coi tedeschi, prima delle missioni ci davano degli stimolanti…"

Angleton, che nel frattempo mi era tornato di fronte, aveva spalancato gli occhi e allargato la bocca in un sorriso smagliante. "Le wunder drugs, l'arma segreta di Hitler!"

La mia tensione si era dissolta. L'americano sapeva di cosa stavo parlando. "Per rendere al massimo avrò bisogno di qualche tubetto di Pervitin."

"Anche noi durante la guerra abbiamo usato le metanfetamine, ma non in modo massiccio come i tedeschi. Le davamo ai piloti dei bombardieri prima delle missioni… Comunque non c'è problema. Dovremmo avere delle scorte anche in questa base. Sentirò il medico."

Mi ero impuntato. "Io non voglio una metanfetamina qualsiasi, voglio il Pervitin. Ne conosco perfettamente gli effetti sul mio corpo, so come usarlo."

Angleton non si era scomposto. "Sarà più complicato, ma non impossibile. Abbiamo trovato migliaia di quei tubetti in tutti i depositi della Wehrmacht sparsi per l'Europa."

Capitolo 3

*Governo militare alleato della
Venezia Giulia – Zona A
città di Gorizia*

1946, 9 novembre, 9:15

"Gli uomini sono ai loro posti?" domandò il capitano Drago Lakovič, mentre sorseggiava un boccale di birra. La sua voce era strozzata e stridula, simile al belare di una pecora.

"Sì, Drago" rispose Danica togliendosi il soprabito. "Abbiamo tre squadre dell'UDBA pronte a intervenire e cinquanta sentinelle sparse in tutta la città."

Lakovič esaminò da capo a piedi il tenente dell'Armata jugoslava, indugiando sulle prorompenti curve del seno. "Mi piaci in borghese. Questi abiti ti fanno più donna…"

"Allora bisogna fare più missioni sotto copertura!" sorrise quella con malizia, stirandosi con le mani il pesante tailleur verde bottiglia.

Lakovič si rabbuiò. "Avete seguito le mie indicazioni?"

"Sì. Bozo si è accertato personalmente che tutte le sentinelle fossero composte da compagni italiani, per non dare nell'occhio. A Gorizia ne contiamo pochi, abbiamo chiamato rinforzi da Gradisca e Monfalcone. Li comanda Angelini di Ronchi."

"Bene. Quel bisiacco sa il fatto suo. Durante la guerra ha combattuto al nostro fianco nel IX Corpus, con vigore, senza mai discutere un ordine." Lakovič si alzò dal tavolo e raggiunse la parete con appesa una grande mappa di Gorizia. "Appena individuati, scatterà subito l'imboscata. Bisogna assolutamente eliminarli entro la giornata. Quelli del PCI arriveranno dopodomani e non voglio correre rischi."

"Speriamo che non ci sfuggano. Gorizia è piena di profughi fascisti che scappano dall'Istria e dalla Dalmazia."

"I compagni croati stanno facendo le cose sul serio…" sghignazzò Lakovič.

"La bomba a Pola di quest'estate è stata una vera chicca!" convenne Danica.

"Comunque" riprese il capitano dell'UDBA tornando serio, "i profughi sono ben riconoscibili. Viaggiano con masserizie, donne, vecchi e bambini. Un gruppo di sei uomini forestieri non passa inosservato. E poi sappiamo tutto di loro. Mi hanno appena riferito che alcuni contadini hanno trovato un paracadute americano attaccato a un albero vicino a Doberdò."

"Non conosciamo però i loro contatti a Gorizia."

"È probabile che qualcuno del posto li stia guidando in città. Ho avvertito i nostri uomini di tenere gli occhi aperti. Potrebbe essere l'occasione buona per smascherare la rete di spie messa in piedi dagli angloamericani nel Litorale."

Danica si avvicinò alla mappa e con il dito indicò un punto preciso. "Proprio questa mattina i fascisti italiani si stanno radunando al Parco della Rimembranza. Potrebbero metter su un corteo non autorizzato."

"È una buona cosa. Gli americani e la polizia civile saranno tutti presi dall'evento. Se occorre organizzeremo delle provocazioni per aumentare la tensione. Nessuno penserà a noi. Hai allertato le nostre organizzazioni?"

"Sì. Quelli dell'Unione antifascista italo-slovena sono pronti."

"Danica, se andrà tutto liscio la mia carriera spiccherà il volo e la nostra vita cambierà radicalmente. Ci sposeremo e andremo a vivere in una grande città. Lubiana, Zagabria, Belgrado. Godremo di tutti i privilegi dei dirigenti del Partito. Una casa lussuosa, abiti stranieri, buon cibo, domestici e tutto il resto. Fanculo la tessera annonaria!"

La ragazza gli gettò le braccia attorno al collo e lo baciò con ardore. Le sue mani scivolarono lentamente sulle natiche del capitano, mentre le labbra, i denti e la lingua presero a stuzzicarne le orecchie. Lakovič non resistette a lungo. L'afferrò per le spalle, la girò con violenza e la fece piegare sul tavolo, facendo volare a terra carte e boccali di birra. Quindi le alzò la gonna e la prese da dietro, con impeto, mentre la donna si dimenava e ne assecondava le spinte furiose.

La porta della stanza si aprì per subito richiudersi.

I due amanti non vi fecero caso e continuarono nel loro amplesso, tra rantoli di piacere sempre più concitati.

Una voce smorzata li raggiunse dal corridoio. "Capitano!"

"Merda" inveì Lakovič. Senza lasciare la presa si voltò verso la porta. "Bozo che cazzo vuoi? Sono occupato!"

"Angelini ha mandato uno dei suoi. Li hanno visti. Sono entrati in città da via Trieste e stanno per raggiungere via Duca D'Aosta."

L'arrivo della notizia coincise con l'apice orgasmico dei due amanti.

L'urlo liberatorio di Lakovič oltrepassò le pareti, facendo sghignazzare i giovani agenti dell'UDBA acquartierati nelle altre stanze dell'appartamento di Gorizia adibito a comando.

La vita del capitano Lakovič era a una svolta, la svolta decisiva. Era la sua seconda e, per certo, ultima occasione. Non poteva fallire.

Nato a Postumia sotto il giogo italiano, aveva avuto un'infanzia tremenda, costellata di privazioni, lutti e tragedie. Non aveva mai conosciuto il padre, soldato dell'Impero bicipite sbudellato da una baionetta italiana a Vittorio Veneto. La madre era morta di tubercolosi quando aveva tre anni. Il fratello maggiore nelle carceri fasciste, a seguito di una condanna per attività antinazionale inflitta dal Tribunale speciale a difesa dello Stato. Cresciuto dagli zii materni come uno sguattero, nella totale indigenza e senza il minimo affetto, aveva trovato nel Partito comunista una nuova famiglia e una ragione di vita.

Aveva dato tutto se stesso per la causa e il Partito, accortosi delle sue doti e del suo ardore, aveva creduto e investito in lui. Un buon lavoro. L'istruzione. I corsi all'estero.

La guerra di liberazione nazionale gli aveva dato l'occasione di mostrare il proprio valore e la sua carriera aveva spiccato il volo. In due anni, benché giovanissimo, era diventato commissario politico nel IX Corpus dell'Esercito popolare di liberazione con il grado di capitano.

Nelle fasi finali del conflitto, però, qualcosa si era inceppato. Era entrato, a sua insaputa, in un gioco politico più grande di lui. Senza alcuna effettiva colpa, se non quella di aver eseguito, come sempre, gli ordini alla lettera e con il massimo zelo, era caduto in disgrazia, era diventato un capro espiatorio e la sua ascesa si era fermata.

Ma oggi, dopo un lunghissimo e umiliante anno di purgatorio, gli davano una seconda occasione.

Poteva rimediare agli errori del passato e ricominciare la sua scalata sociale nella Repubblica federativa popolare jugoslava del maresciallo Josip Broz Tito.

A metà ottobre, di punto in bianco, senza spiegazioni, era stato convocato a Lubiana.

***

"Era dalla fine della guerra che non venivo in città, ma la situazione mi sembra anche peggio di prima."

"Bada a come parli, Bozo" ruggì Lakovič. "È solo questione di tempo. Tra qualche anno le nostre città diventeranno più belle, ricche, vitali di Roma e Parigi. Tu non puoi capire, non hai visto lo splendore di Mosca. Devi solo avere fede nel socialismo."

"Certo, compagno capitano." Il sergente Bozo Cernić abbozzò un sorriso, ma i suoi occhi erano colmi dello squallore che li circondava da quando erano entrati nella periferia di Lubiana. Case scalcinate, strade sfondate, vetrine dei negozi vuote, poca gente in giro, triste e malvestita. Le uniche note di colore erano le nuove fiammanti divise dei soldati dell'Armata jugoslava, che si aggiravano baldanzosi per la città. Le onnipresenti bandiere rosse con stelle, falci e martelli. Le scritte sui muri inneggianti a Tito, a Stalin e al Partito comunista jugoslavo.

"È questa la nuova sede dell'OZNA?"

"Sembra così, compagno capitano."

"Bene" disse Drago Lakovič. Smontò svogliatamente da cavallo, mentre i suoi occhi impolverati si posarono sulla stella rossa cinta da ramoscelli gialli disegnata sopra il portone dell'elegante palazzo barocco.

Allungò il lasciapassare ai due soldati dell'Armata che presidiavano l'ingresso, adolescenti dalla pelle liscia e lo sguardo cattivo, con la titovka calata sugli occhi e in braccio moschetti italiani modello 91. I due guardarono smarriti il foglio di carta bollata. Il più alto, con cautela mista a diffidenza, lo prese e sparì all'interno del palazzo.

Lakovič allungò le briglie del cavallo al suo sergente. "Bozo, trova un po' di biada per i cavalli." Quindi prese a spolverarsi il giaccone di pelle nera ammiccando a un edificio dall'altra parte della via. "Ci troviamo a mezzogiorno in quella taverna là. Fa' che ci preparino qualcosa di passabile. La mensa militare è lontana e poi cucinano da fare schifo."

Il sergente Bozo Cernić strizzò gli occhi e fece un ghigno malizioso. "Ci penso io, capitano!"

"Caro compagno, benvenuto a Lubiana. Hai fatto un buon viaggio? Prego, accomodati."

"Vi siete sistemati bene qua. Non vi fate mancare niente!" rispose Lakovič lasciandosi cadere su una poltrona di pelle di fronte alla scrivania. I suoi occhi saltavano frenetici e impudenti da una parte all'altra della stanza. "Dove l'hai preso quest'arredo principesco, compagno colonnello? Scommetto che viene da un bel palazzo di qualche nemico del popolo…"

Il colonnello Radich si rabbuiò. "La tua intemperanza ti è già costata abbastanza. Non abusare della mia amicizia."

L'espressione sfrontata di Lakovič declinò rapidamente in un volto afflitto e inquieto. "Scusami Radich, ma sono esasperato. Trattengo a stento i nervi. È più di un anno che sono a marcire in quel maledetto campo e non ce la faccio più."

"Dovresti essere fiero di sovrintendere alla rieducazione dei nemici del popolo…"

"Più che di rieducazione parlerei di sterminio" ridacchiò il capitano.

"Il commissario politico in un campo di prigionia è un ruolo importante per il successo della rivoluzione" proseguì Radich fulminandolo con gli occhi. "Comprendo che non sia un lavoro emozionante, ma poteva andarti peggio. Il tribunale militare è stato clemente con te… e per questo mi devi ringraziare! Molti ufficiali dell'OZNA che hanno abusato della loro posizione durante la guerra sono stati espulsi dal Partito e condannati al carcere."

"La mia unica colpa è di aver eseguito alla lettera gli ordini del compagno generale Maček!" protestò l'altro. "Ribičič ha disseminato le foreste attorno Maribor di fosse comuni con migliaia di civili, eppure la sua carriera non ne ha risentito, anzi, è diventato il braccio destro di Maček al ministero degli interni.”

“Ribičič ha operato in un altro contesto. Aveva a che fare con fascisti sloveni e croati, e agiva dentro i nostri confini. Non aveva stranieri a guardarlo! Sai bene che i tuoi eccessi con gli italiani a Gorizia hanno complicato non poco la nostra politica nella zona. Kidrič e lo stesso Kardelij se ne lamentarono.”

Lakovič tentò di replicare, ma l’altro lo fermò con un gesto perentorio delle mani. “Ci hai fatto passare come selvaggi macellai, hai dato strumenti in mano alla propaganda dei fascisti italiani e delle potenze imperialiste. Devi fare autocritica, non rimestare il passato con stupide rivendicazioni!”

“Ho applicato le tecniche dell’NKVD: liquidare i nemici della rivoluzione e terrorizzare le masse. E poi Kidrič e Maček sapevano…”

“Sciacquati la bocca prima di nominare certi nomi. Il ministro Maček è cognato di Kardelij e amico personale di Ranković. Impara a stare al tuo posto!”

“Radich, chiedo solo un’altra possibilità. Tu mi conosci. Conosci le mie capacità e la mia fede. Ho consacrato la vita al Partito e alla rivoluzione…”

“È per questo che ti ho chiamato qui a Lubiana.”

Il volto del capitano si illuminò. “Di che si tratta?”

Il colonnello Radich si alzò dalla scrivania, accese una sigaretta, raggiunse la finestra, pose una mano sul davanzale e gettò lo sguardo sui tetti della città, il tutto molto lentamente. "I tuoi eccessi del '45 hanno lasciato un brutto ricordo, ma ho insistito a Belgrado perché ti dessero la possibilità di riscattarti, di mostrare il tuo valore, la dedizione alla causa. Anche Maček ha messo una parola in tuo favore. Oggi più che mai, il partito ha bisogno di quadri fidati e competenti per difendere il popolo dai suoi nemici. Non sono molti gli ufficiali che possono vantare un corso all'Accademia della Scuola militare superiore di Mosca. Conosci il russo e hai appreso le tecniche dell'NKVD. Questo gioca a tuo favore. Il partito ha investito su di te. Dimostra che l'investimento non è stato sbagliato."

"Sono pronto" lo incalzò Lakovič.

Radich si voltò di scatto, poggiò le mani sulla scrivania di quercia e lo guardò dritto negli occhi. "Martedì 12 novembre, nei pressi di Gorizia, nella zona da noi controllata, è previsto un incontro segreto con alcuni esponenti comunisti dell'alta Italia. Sono compagni che avversano la politica attendista di Togliatti. È gente motivata che intende riprendere le armi e fare la rivoluzione, imitare il nostro esempio. Togliatti li sta emarginando, ma hanno appoggi nel Comitato Centrale del loro partito e molto seguito nella base, soprattutto tra gli ex partigiani del Nord. Dobbiamo concordare una strategia d'azione e consegnare loro varie casse di armi.

Alcuni dei nostri li seguiranno in Italia per aiutarli fattivamente a organizzare una struttura militare clandestina."

"Non mi fido degli italiani. Non hanno fegato, non sanno combattere… comunisti o fascisti che siano."

"Metti da parte i tuoi rancori personali. Stiamo parlando di giovani comandanti partigiani delle brigate Garibaldi che si sono fatti le ossa in montagna come noi. Comunisti convinti che non si rassegnano a lasciare l'Italia nelle mani della reazione. Non gli frega niente del Litorale e di Trieste, quello che vogliono è la rivoluzione nel loro paese. Alcuni sono nostri confidenti dall'inverno del '43. Per loro noi siamo un modello e nutrono una vera e propria venerazione per il nostro Tito."

"Non avranno mai la forza di sollevarsi. Non ti ricordi del settembre '43, di come gettavano le armi e si nascondevano nei pollai!"

"Acqua passata. Quella guerra è finita. Fattene una ragione. Oggi, per il successo del comunismo mondiale e per il bene di noi sloveni, è fondamentale che i compagni italiani prendano il potere, e noi dobbiamo essere lì a spronarli e sostenerli. Se poi avremo una guerra civile come in Grecia o la divisione dell'Italia tra un sud controllato dagli angloamericani e un nord bolscevico, tanto meglio. Comunque sia, estenderemo la nostra influenza a occidente e la questione di Trieste e del Litorale sarà sorpassata da un confine che arriverà al Tagliamento."

"Quest'estate, quando ho saputo delle decisioni prese dai Quattro Grandi alla Conferenza di pace, ho pianto dalla rabbia… Trieste e Gorizia sono nostre!"

"È fuori di dubbio. Ma non temere. Faremo carta straccia dei confini stabiliti a Parigi. La Grecia, l'Albania, la Bulgaria, l'Austria, l'Italia diventeranno nostri satelliti. Noi jugoslavi, guidati da Tito e sotto i vessilli del comunismo, diventeremo il popolo egemone dell'Europa balcanica e meridionale! Stalin sarà al nostro fianco. L'Armata jugoslava costituirà l'avanguardia dell'Armata rossa. Diffonderemo la rivoluzione bolscevica in tutta l'Europa."

"Mi piace questo scenario. Il nostro Tito oltre a essere un grande stratega militare è anche un abile politico. Con lui e Stalin noi slavi porteremo il comunismo in tutto il mondo… Ma qual è il mio compito?"

"Tu sarai il responsabile della sicurezza. Avrai al tuo comando una compagnia di truppe scelte dell'Armata jugoslava, ben armate, motivate e addestrate. Sono tutti soldati originari del Litorale. Conoscono l'italiano e la zona d'operazioni. Dovrai far sì che tutto proceda senza intoppi. Preleverai gli italiani a Gorizia lunedì 11 novembre e il giorno seguente li condurrai nel luogo dell'incontro, una base militare segreta nella selva di Tarnova. Quindi li riporterai indietro con i nostri consulenti e le armi. Fai un lavoro pulito e bada bene di non combinare casini come in passato."

"Ancora Gorizia…" sospirò Lakovič. "Questa volta non farò errori" disse poi risoluto.

"Ti avverto che ci sarà anche un consigliere militare sovietico."

"Bene, gli faremo vedere l'efficienza delle nostre forze di sicurezza, e poi avrò modo di esercitare il mio russo."

Radich si incupì. "Occorre essere prudenti… si tratta del maggiore Yuri Antonov, il responsabile dell'NKVD per la Slovenia. Ha saputo della nostra iniziativa e ha chiesto di partecipare all'incontro. Non mi piace che i russi ficchino il naso nella nostra politica verso l'Italia, ma è un uomo molto potente e pericoloso, e non ho potuto dire di no. Del resto, senza il loro aiuto non saremmo mai riusciti a costruire quel bunker. Vedrai, è un'opera grandiosa!"

"Non ti preoccupare. Sarà l'occasione giusta per mostrare ai nostri fratelli sovietici che la penetrazione jugoslava in Italia è anche nel loro interesse."

"Un'ultima cosa. Come sai i nostri servizi di sicurezza hanno subito una radicale riorganizzazione, sul modello di quelli sovietici. All'OZNA è subentrata l'UDBA. Della questione si è occupato personalmente Tito. Nel suo passato di agente del Comintern ha lavorato per anni con l'NKVD e sa bene che il nostro ruolo è fondamentale per difendere le conquiste della rivoluzione. Il processo di riorganizzazione è tutt'ora in corso e Tito è indeciso. Non sa ancora se privilegiare un modello accentrato di servizi, come vogliono Ranković e la sua cricca serba, o uno maggiormente decentrato come propone Lubiana. L'operazione di cui ti ho parlato ha valenza internazionale e spetterebbe al comando federale; ma su espressa richiesta di Maček e Kardelij è stata affidata alla sezione slovena dei servizi. Hanno pesato la nostra familiarità e influenza sui comunisti italiani acquisite nel corso della guerra di liberazione. Comprendi che questa è un'occasione determinante per dimostrare che la nostra soluzione è la migliore."

Lakovič annuì compiaciuto. "È la prima cosa che ho imparato a Mosca. La polizia politica è la chiave del potere popolare, chi la controlla ha in pugno il Partito e lo Stato."

"Ci siamo intesi. Partirai questo pomeriggio per Postumia. Là ti aspettano i tuoi uomini. Prima di lasciarci passa al seminterrato. Ti daranno il tesserino di riconoscimento dell'UDBA e una nuova divisa da capitano dell'Armata jugoslava."

"Sono affezionato al mio giaccone di pelle…"

"Piantala con queste cazzate! Sono finiti i tempi della lotta partigiana e dell'OZNA. La forma è importante. Il popolo ci guarda. Noi rappresentiamo la punta di lancia della rivoluzione e dell'Armata, e dobbiamo apparire impeccabili."

Lakovič entrò nella taverna e scorse subito il sergente Bozo Cernić in un angolo buio con la faccia sprofondata in una scodella. Una donna attempata gli stava davanti ossequiosa, con una brocca di birra scura. La taverna era semivuota e i pochi avventori appena scorsero la divisa dell'Armata jugoslava abbassarono gli occhi sui tavoli.

"Compagno capitano, con la nuova uniforme quasi non la riconoscevo! Ho fatto preparare dello stufato di maiale…"

"Bozo, non c'è tempo da perdere. Torna subito al campo di prigionia, raccogli tutti i miei effetti personali e raggiungimi quanto prima alla sede del comando militare di Postumia. Danica verrà con te."

"Postumia?"

"Io sarò già là. In questa busta ci sono i documenti necessari per il trasferimento di tutti e tre. Mostrali al comandante del campo."

"Ma…"

"Ti spiegherò tutto a Postumia, ora vai!"

Bozo Cernić, ancora incredulo per la notizia, trangugiò l'ultimo cucchiaio di stufato e con la faccia ancora unta seguì il suo capitano in strada.

Capitolo 4

Jana arrivò al casolare alle prime luci dell'alba, da sola.

Aveva con sé pane fresco e latte.

Mentre mangiavano ai primi tiepidi raggi del sole, nessuno degli uomini riusciva a levarle gli occhi di dosso.

Era bella, di quella bellezza che mette soggezione, confonde, disorienta. I capelli neri, leggermente ondulati e con la riga di lato, toccavano delicatamente le spalle. La carnagione era chiara e morbida, quasi luminosa. Non aveva trucco, se non per il fiammante rossetto rosso che le accendeva le labbra carnose. Gli abiti indossati, nonostante fossero poveri e sgraziati, non riuscivano a sminuirne il corpo slanciato e sinuoso.

La guerra aveva impoverito tutta la popolazione europea. Molte delle principali città, reti ferroviarie, strade, fabbriche erano state bombardate. L'industria, l'agricoltura, il commercio e tutte le altre attività economiche avevano subìto forti contraccolpi e stentavano a ripartire. Ancora dopo un anno dalla fine del conflitto, le abitazioni, il cibo e le medicine scarseggiavano. Il guardaroba era l'ultima preoccupazione della quasi totalità delle donne europee,

Jana compresa. Il cappotto marrone di foggia militare le stava grande. La gonna, stretta in vita e dritta sulle gambe come usava allora, le arrivava poco sotto al ginocchio, lasciando scoperte pesanti e corte calze di lana. Ai piedi logore scarpe alte con la suola a zeppa di legno. L'unica nota di vivacità e freschezza era il foulard a fantasia floreale legato al collo.

Lei li osservava, senza timore, dispensando latte e sorrisi.

Loro la divoravano, come ipnotizzati, per subito scostare lo sguardo appena ne incrociavano i profondi occhi azzurri.

Ganz e Lazzi erano gli unici che sembravano immuni al suo fascino. Il primo mangiava in silenzio, assorto nei suoi pensieri. L'altro studiando delle carte topografiche.

Gorizia era imbandierata a festa. Ovunque, da ogni balcone finestra portone, pendevano coccarde e striscioni tricolori.

Rimasero tutti colpiti da un tale entusiasmo patriottico. Dopo la guerra la bandiera nazionale era pressoché scomparsa dal panorama delle città italiane. Neanche gli edifici pubblici la esponevano più, quasi a vergognarsene.

Jana riferì che era la risposta dei goriziani alla proposta lanciata da Togliatti di cedere Gorizia a Tito in cambio di Trieste. I manifesti affissi ovunque sui muri della città lo confermavano:

Procedevano per vie laterali, lungo file ordinate di villette dei primi del secolo, circondate da giardini e orti. Ogni tanto qualche edificio più moderno che aveva riempito i vuoti lasciati dalle granate della grande guerra. Sulla sinistra intravedevano corso Roosevelt, la via principale della città che prendeva il nome del vincitore di turno. Davanti a loro, in lontananza, le chiome del Parco della Rimembranza.

Ganz ritrovò con gioia inaspettata gli scorci, i colori, gli odori della città, unica per la sua atmosfera insieme mitteleuropea e mediterranea, punto d'incontro e di scontro tra i mondi latino, tedesco e slavo. Conosceva bene Gorizia. Durante gli ultimi due anni di guerra si era fermato più volte con il suo reparto.

Camminava al fianco del tenente Conti, con il fedora calato di sghimbescio sugli occhi. Temeva che qualcuno potesse riconoscerlo, anche se era alquanto improbabile. Tra il '44 e il '45 Gorizia era stata l'immediata retrovia delle forze germaniche impegnate contro i partigiani titini, asserragliati nel Carso e soprattutto nelle impenetrabili foreste che coprivano i promontori a nord della città. I reparti che vi transitavano erano così numerosi e assai variegati, per tipologia e nazionalità. Reggimenti regolari della Wehrmacht. Gli specialisti dell'antiguerriglia della divisione Waffen SS Karstjäger. Gli italiani della Xª Flottiglia Mas, del battaglione bersaglieri Mussolini e del reggimento alpino Tagliamento. Bande di domobranci sloveni e di četnici serbi.

Conti era l'unico che sembrava accettare Ganz. Entrambi avevano combattuto da ufficiali nei Balcani, e questo aveva creato un minimo di cameratismo. Conti, preso dal racconto, aveva rallentato il passo e i due si erano trovati in coda al gruppo. "Ero tenente nella divisione Murge. I partigiani mi presero prigioniero nel febbraio del '43, durante la battaglia della Narenta."

"Come avvenne?" domandò Ganz, non perdendo di vista Jana che procedeva davanti, un po' staccata dagli altri, per non dare nell'occhio.

Conti esitò un attimo, come a rovistare nella memoria. "Ero al presidio di Jablanica, a nord di Mostar. C'erano anche soldati della divisione Marche. Eravamo più di settecento. Resistemmo per cinque giorni ad attacchi furibondi di migliaia e migliaia di partigiani armati di cannoni e mortai. Molti morirono nei combattimenti. Tutti gli altri furono presi prigionieri alla caduta del presidio. Ci trascinarono con loro per mesi, in condizioni disumane. Eravamo i loro muli per trasportare i feriti e le vettovaglie. Scalzi, senza indumenti e cibo, molti dei miei compagni morirono di stenti tra le montagne dell'Erzegovina e del Montenegro. Nell'estate del '43, durante un'offensiva tedesca, riuscii a fuggire. Mi imbattei in un reparto di četnici che mi accompagnò nella zona occupata dal nostro esercito."

Ganz, con la sigaretta che gli penzolava da un angolo della bocca, gli batté una pacca sulla spalla. "Non dev'essere stato facile."

"Li odio quei selvaggi. Sono bestie sanguinarie. E poi parlano una lingua assurda. Com'hai fatto tu a impararla? Io, in tre anni di naia nei Balcani, non ho afferrato niente. Eppure sono anche portato per le lingue. Parlo francese e ora mastico bene anche l'inglese."

Improvvise raffiche di armi automatiche risuonarono nella via, rimbalzando sull'asfalto.

Esposito e Dainelli si accasciarono a terra in pose innaturali, come se qualcuno gli avesse staccato la spina. Ganz e Conti si gettarono dietro un muretto di un giardino privato. Lazzi e Romita dietro una Fiat Topolino parcheggiata poco più avanti lungo la strada.

Il muretto e la macchina vennero crivellati di proiettili, poi il fuoco cessò improvvisamente.

Silenzio assordante.

Un lamento si levò dalla strada.

"Uno dei due è ancora vivo!" esclamò Ganz.

"È la voce di Esposito" balbettò Conti. "Ci faranno a pezzi… non abbiamo via di scampo."
"Dove sono? Li avete visti?"
L'urlo di Lazzi riecheggiò sulla strada.
"Dietro la siepe, davanti a voi" rispose Ganz.
"Sei certo?"
"Sì."
"Tenetevi pronti."
Romita si sporse dal muso della Topolino e prese a sparare furiosamente verso la siepe. Ganz fece altrettanto. Lazzi si alzò, arretrò di qualche passo e con rapidi gesti del braccio scagliò due oggetti metallici verso la siepe dov'erano asserragliati i cecchini.

Due esplosioni assordanti, seguite da fumo, fiamme, grida.

Lazzi e Romita si lanciarono in una corsa disperata verso il Parco della Rimembranza. Gli altri due li seguirono.

Scavalcarono Dainelli, immobile sulla strada, immerso nel suo sangue, il volto cereo, le pupille dilatate. Quindi, Esposito, stravolto dal dolore, un braccio sullo stomaco a tamponare la ferita, l'altro teso verso i compagni.

Ganz, senza rallentare, senza esitazione, gli sparò due colpi a bruciapelo, sulla faccia, spegnendone gli ultimi lamenti.

Il Parco della Rimembranza era grande, ricco di piante e percorso da vialetti ben curati. Al centro, intorno ai bianchi ruderi del monumento ai volontari italiani della prima guerra, era assiepata una moltitudine di persone, per lo più giovani, con bandiere italiane e striscioni patriottici. Un uomo con il berretto da alpino e un fazzoletto verde al collo era salito sul cumulo dei ruderi e arringava la folla con un megafono. Gli altri ascoltavano e acclamavano.

I quattro fuggitivi si accucciarono dietro una siepe di bosso al bordo del parco. Il cuore in gola. Le pistole in mano.

"Che facciamo?"

"Mescoliamoci a questa gente e facciamo perdere le nostre tracce."

"E poi? Siamo forestieri. Non sappiamo dove andare. Senza aiuto ci ritroveranno subito."

"Dov'è finita la slava?"

"È sparita."

"La puttana c'ha venduto."

"Stanno arrivando!"

"Sono almeno una decina e hanno armi automatiche."

"Non ho più bombe a mano. Ne avevo solo due."

"Non possiamo affrontarli."

Lazzi uscì allo scoperto, avanzò verso il monumento diroccato e sparò due colpi in aria. "Patrioti! Siamo inseguiti dai titini. Vogliono ucciderci. Chiediamo il vostro aiuto." E così dicendo indicò i dieci armati che sopraggiungevano alle sue spalle.

"Dove ci hanno portato?" domandò Conti scostando la tenda della finestra.

"Il tragitto è stato breve" osservò Romita.

Era stato colpito di striscio a un braccio e Lazzi lo stava fasciando con delle garze.

"Siamo in una laterale di Corso Verdi, nel centro urbano" precisò Ganz.

"Avete capito chi sono questi?" domandò ancora Conti. Era nervoso e camminava freneticamente di fronte alla finestra.

"Quello che mi ha disinfettato la ferita ha detto che appartengono alla Divisione Volontari Gorizia" riferì Romita.

"È un'organizzazione a difesa dell'identità italiana della città" spiegò Lazzi. "È guidata da ex militari del Regio Esercito e partigiani bianchi dell'Osoppo. Hanno una struttura clandestina paramilitare e ricevono finanziamenti dal governo italiano."

Gli altri lo guardarono incuriositi.

"Prima di partire Angleton mi ha fatto leggere alcuni dossier sulla situazione politica della zona" continuò Lazzi.

"Potremmo appoggiarci a loro..." suggerì Romita.

"Negativo" tagliò corto Lazzi. "Gli americani non si fidano. Potrebbero essere infiltrati dai comunisti. L'operazione è troppo importante per coinvolgerli."

"Neanche loro si fidano di noi" intervenne Conti. "Ci hanno chiuso a chiave e dietro la porta hanno messo qualcuno di guardia. Sento delle voci."

"Comunque non ci trattano male, queste polpettine sono squisite" disse Romita, afferrando l'ennesima salsiccia dal vassoio posato sul tavolo.

Ganz si accese una sigaretta e gettò un'occhiataccia al vassoio. Non aveva fame. Gli bastavano le sigarette. L'odore dolciastro dei cevapcici, le polpettine di maiale speziato tipiche della zona, gli faceva venire la nausea. Si trattenne dall'afferrare il vassoio e gettarlo fuori dalla finestra.

"Se questi coglioni ci consegnano agli americani del GMA andrà tutto a puttane" disse Lazzi.

"Bisogna ricontattare la ragazza, Jana" affermò Ganz. "È lei che ha le informazioni e i contatti per portare a termine la missione."

"Camerata, tu hai la testa bacata" inveì Conti, paonazzo per la rabbia. "La puttana ci ha portato dritti verso quei maledetti cecchini! Dobbiamo annullare la missione e oltrepassare prima possibile il confine. Dopo tutto noi non abbiamo colpe. La cazzata l'hanno fatta i servizi americani a fidarsi di una slava comunista!"

"«Portate con voi solo pistole, le altre armi le avrete là», ci hanno detto" rimuginò Romita. "Vatti a fidare! Se il capitano non si fosse portato dietro le bombe a mano, a quest'ora saremmo tutti al creatore."

Ganz schiacciò la sigaretta nel portacenere, si alzò dalla sedia e andò di fronte a Lazzi. "Tu sai come contattare la ragazza. Dobbiamo convincere questi della Divisione Gorizia a darci una mano per ritrovarla e portare a termine la missione. Niente è ancora perduto."

Lazzi lo guardò torvo, poi si rivolse agli altri. "Non piace neanche a me quella slava, ma non vedo alternative…"

"Il maggiore Angleton si fida di lei e questo ci deve bastare" ribadì Ganz. "Dobbiamo andare avanti."

"Capitano!" intervenne Conti spintonando Ganz. "Questo bastardo nazista ci porterà tutti alla morte, come ha fatto con Esposito. L'ho visto con i miei occhi. Là sulla strada, che gli sparava in faccia come fosse un cane!"

"Non poteva cadere vivo nelle mani dei comunisti" replicò laconico Ganz. "Lo avrebbero fatto parlare."

Lazzi si alzò di scatto dalla sedia, ponendo fine all'alterco tra Ganz e Conti. Il suo volto era disteso e risoluto, quello di chi aveva preso una decisione e intendeva portarla a termine. "Il futuro dell'Italia dipende anche dall'esito di questa missione. Non possiamo mollare."

Ordini secchi e calpestio di passi risuonarono fuori dalla stanza.

La porta si aprì.

Entrò un uomo distinto, avvolto in un elegante impermeabile bianco. Taglio di capelli e portamento militari.

"Salve signori. Sono il comandante della Divisione Volontari Gorizia."

Capitolo 5

Stato indipendente di Croazia
Occupazione militare italiana, 2ª zona
Erzegovina, distretto di Mostar

1943, metà marzo, 6:05

Ai primi bagliori dell'alba il verso della poiana echeggiò sinistro.

Era il segnale. Alzai il pugno destro e il sottobosco della foresta prese vita. Il mio plotone, quarantadue sagome ricoperte di frasche di pino, cominciò ad avanzare lentamente, fra i tronchi neri delle conifere e i massi rocciosi coperti di muschio. Il terreno umido trasudava un manto sfilacciato di nebbia che avvolgeva e stemperava ogni forma.

Dopo alcuni minuti raggiungemmo la squadra in avanscoperta. Feci il segnale di arresto e mi acquattai a fianco del sergente maggiore Covacich, mentre il lieve fruscio che aveva accompagnato il nostro movimento cessava e il sottobosco tornava immobile e silenzioso.

"Tenente Ganz, comandi" mi accolse il sottoufficiale portando la mano al berretto.

Gli feci cenno di riferire.

"Un reparto di circa duecento drusi" proseguì quello. "Sono accampati a 400 metri, ore 14. Tendaggi e cucina da campo."

"Artiglieria?"

"No, anche se ben mimetizzata l'avrei notata. Hanno solo quattro dei nostri mortai da 81."

"Allora il nostro uomo non è tra loro…"

Il sergente mi guardò costernato.

"Com'è il terreno?" domandai.

"La radura dove hanno piantato le tende è circondata da fitta vegetazione. Possiamo avvicinarci senza dare nell'occhio."

"Sentinelle?"

"Poca roba. Un druso ogni cento metri attorno all'accampamento. Le sentinelle non sono in contatto visivo tra loro e sono a una cinquantina di metri dagli attendamenti."

"Si sentono sicuri. I reparti del Regio Esercito sono lontani e quando marciavamo allo scoperto ci hanno sicuramente avvistato, ma grazie al nostro camuffamento devono averci preso per una colonna di drusi."

"Poco distante da qui abbiamo intercettato una pattuglia in ricognizione."

Lo squadrai con aria interrogativa.

Il sergente maggiore sciolse il volto barbuto e scorticato in un sorriso di soddisfazione e indicò la sua baionetta ancora macchiata di sangue.

Gli battei una pacca sulla spalla. "Dobbiamo agire in fretta, prima che si insospettiscano."

"Allora procediamo, signor tenente?"

Esitai. La nostra missione aveva un altro obiettivo: eliminare un bastardo di ufficiale italiano che aveva disertato per unirsi ai partigiani di Tito; ma l'occasione di spedire all'inferno senza troppi danni un intero reparto di drusi era allettante. Per il morale degli uomini. Per la nostra causa.

Feci cenno affermativo con la testa, quindi con un gesto della mano convocai gli altri capisquadra e mandai a chiamare il maggiore Dušan, capo della banda di četnici che avanzava sulle alture poco distanti a copertura del nostro fianco sinistro.

Appena la sagoma imponente e pittoresca di Dušan mi affiancò, spianai il terreno di fronte a me e con la punta del pugnale feci uno schizzo. "Attaccheremo a tenaglia. La prima e la seconda squadra a destra. La terza e la quarta al centro. I nostri alleati četnici a sinistra. Sono il doppio di noi, ma non ci aspettano. L'effetto sorpresa colmerà la differenza. Faremo partire le danze con un tiro incrociato di mitragliatrici, supportato dai mortai. Al mio segnale ci lanceremo all'assalto per finire il lavoro. Ove possibile, prendete vivi i commissari politici e gli ufficiali. Per il resto niente prigionieri, come sempre. Informate i vostri uomini e fate controllare le armi."

Liquidammo senza difficoltà le sentinelle attorno al bivacco e ogni squadra del plotone si avviò verso la posizione stabilita.

Io mi distesi a fianco di tre mitraglieri intenti a piazzare la Breda sul bipiede e allineare le cassette con le munizioni. Al petto avevo schiacciato il MAB 38. Il forte odore di olio lubrificante che sprigionava la canna forata cancellò il profumo di resina, terra bagnata e foglie marce che pervadeva la foresta.

L'accampamento dei drusi era ancora immerso nel sonno, proprio davanti a me, a non più di centocinquanta metri. Ero su un dosso, in posizione leggermente sopraelevata, e tra le fronde dei pini potevo vedere sparuti gruppetti di uomini fumare e parlottare tra loro. C'erano anche alcune donne che si aggiravano tra le tende. I cavalli e i muli erano stati raccolti a nord dello spiazzo, assieme ai carri. Dietro le gambe degli animali, intravidi una decina di uomini, raggomitolati a terra, l'uno sull'altro. Su un masso vicino era seduto un druso con un Mauser in braccio.

Regolai il binocolo e lo puntai nuovamente verso il gruppetto di uomini dietro le bestie da soma. Prigionieri italiani. Indossavano brandelli di divisa grigioverde e bustine del Regio Esercito. Erano legati tra loro, avevano barbe lunghe e scarpe di corda ai piedi. I soldati italiani caduti nelle mani dei drusi, quando non erano subito passati per le armi, venivano usati come bestie da soma, almeno finché riuscivano a camminare, nudi e senza cibo.

Segnalai la scoperta ai mitraglieri al mio fianco e ordinai al caporale scelto Stefanovich, che era dietro di me, di avvertire i capisquadra e i četnici.

La presenza dei prigionieri non avrebbe ostacolato il nostro attacco. Grazie a Dio, si trovavano defilati rispetto alle tende dei drusi e il rischio di colpirli era pressoché nullo.

Dopo pochi minuti un fruscio alle mie spalle mi avvertì che Stefanovich era ritornato al suo posto.

Mi voltai verso di lui.

"Signor tenente, le squadre sono tutte in posizione. I mitraglieri e i mortaisti aspettano il suo ordine d'attacco."

Immaginai tutti i miei soldati mimetizzati dietro i pini, i massi e gli arbusti attorno all'accampamento partigiano, immobili con i muscoli tesi allo spasmo, le mani serrate sulle armi, il respiro pesante, lo sguardo fisso sul nemico. La tensione elettrica che precede la battaglia aleggiava intorno a noi – mi sembrava di poterla palpare – e ci legava indissolubilmente allo stesso destino. Guidare gli uomini in battaglia, verso la morte, era qualcosa di potente e straordinario, che mi esaltava.

Avevo le mascelle serrate e il palato secco. Non so cosa avrei dato per accendere una sigaretta... frugai avidamente nel taschino superiore della giacca, estrassi una bustina di tabacco da fiuto, ne presi un pizzico, e lo ficcai tra la gengiva superiore e il labbro compattandolo con la lingua. L'effetto della nicotina fu immediato. Aspettai che la bocca fosse piena del succo di tabacco, quindi sputai il grumo nero.

Ero pronto. Portai il fischietto alla bocca e con tutta l'aria che avevo nei polmoni detti fiato per tre volte.

Le tre mitragliatrici Breda scatenarono la loro potenza di fuoco. Frantumata la vegetazione di fronte, spazzarono da cima a fondo l'accampamento nemico. I proiettili si infilavano nel terreno umido, rimbalzavano sui massi, sbriciolavano i tronchi di pino, tagliavano le tende, strapazzavano come foglie al vento i pochi drusi fuori dagli attendamenti e quelli che tentavano di uscire.

I due mortai d'assalto Brixia, soprannominati "ranocchi", si unirono immediatamente con le loro granate da 45 mm sparate a tiro teso. Il ritmo di lancio fu subito intenso, trenta bombe al minuto. La distanza era ravvicinata, il tiro di aggiustamento superfluo.

L'accampamento fu travolto da un'ondata di fuoco, fiamme, schegge di granata, pietre, terra. Le tende si squarciavano, gli slavi saltavano in aria, brandelli di teli incendiati si alzavano in cielo. L'aria si riempì dell'odore acre di bruciato, polvere da sparo, terra smossa, e una nuvola scura e densa avvolse la foresta.

Ai miei tre fischi, il fuoco cessò.

"Avanti!" urlai a squarciagola e con il MAB in braccio mi lanciai all'assalto, seguito dai miei uomini.

Mi ritrovai in mezzo a brandelli di tenda fumanti, tronchi carbonizzati, corpi immobili adagiati a terra nelle pose più strane, le bocche spalancate, gli occhi sgranati. Gli scarponi chiodati avanzavano cauti, sguazzando in una viscida poltiglia di terra, sangue e cenere. Il mitra premuto al fianco. Lo sguardo balenava frenetico da un corpo all'altro dei drusi caduti, pronto a cogliere qualsiasi cenno di vita ancora pulsante, per azzerarlo, senza pietà. I nitriti dei muli e dei cavalli sopravvissuti erano interrotti da repentine e brevi scariche di armi automatiche destinate ai pochi sopravvissuti.

Niente prigionieri. Era una regola ferrea degli arditi, le forze speciali di controguerriglia create dal Comando italiano della II Armata per contrastare i partigiani comunisti nei Balcani.

Due soldati della seconda squadra mi vennero incontro spintonando un giovane druso vestito con abiti borghesi così attillati da sembrare cuciti addosso. Aveva le mani legate dietro la schiena e avanzava zoppicando tra atroci sofferenze. La coscia destra era squarciata da un colpo di granata.

"Signor tenente, questo sembra un capo dei banditi" disse uno dei due soldati non appena mi raggiunsero.

"I prigionieri italiani?" domandai loro.

"Ai primi spari li hanno fatti secchi con una bomba a mano."

"Nome e grado!" chiesi in serbo-croato, rivolgendomi al druso.

Un barlume di meraviglia scalfì il volto barbuto e sprezzante del druso. Non si aspettava che parlassi la sua lingua.

Bastarono dieci secondi di ostinato silenzio. Non avevo tempo né voglia di dilungarmi in smancerie con questo coglione. I comandanti partigiani e i commissari politici erano ossi duri, e solo con le maniere forti si otteneva qualcosa. Gli sputai in faccia liberandomi del tabacco che avevo ancora in bocca e cercai con lo sguardo il caporale Sanna. Era poco distante chino a rovistare il palato di un cadavere in cerca di denti d'oro.

Sanna dovette lavorarlo per più di due ore con la baionetta arroventata per cavargli qualche informazione utile. Era solo questione di tempo. Tutti cedevano alle sue carezze.

Il prigioniero era il commissario politico del reparto partigiano. Apparteneva alla 4ª brigata della 2ª divisione proletaria, quella che il mese precedente aveva travolto i nostri presidi lungo il fiume Narenta. Il druso, prima di crepare, confermò la ricostruzione che avevo letto nei rapporti del SIM sulla caduta del nostro presidio a Jablanica, con interessanti integrazioni. I trenta ufficiali italiani della divisione Murge fatti prigionieri, dopo le solite sevizie e umiliazioni, erano stati liquidati assieme ai feriti. Ma a scamparla non era stato solo il capitano Illeni, il traditore che aveva assunto il comando dell'artiglieria partigiana e a cui da un mese davamo la caccia tra i monti dell'Erzegovina. Aveva disertato anche un giovane sottotenente di idee comuniste che già da tempo passava informazioni ai drusi. L'esistenza del secondo ufficiale traditore, di cui il commissario, nonostante le torture, non volle riferire il nome, era sfuggita ai nostri servizi di informazione.

Quel bastardo del capitano Illeni ci era scappato ancora, ma l'operazione era andata molto bene, per il reparto druso annientato e le informazioni raccolte.

Feci raccogliere le piastrine dei caduti italiani. I prigionieri dei partigiani freddati all'inizio della battaglia e uno del mio plotone. L'imbecille si era chinato a prestare soccorso a una drugarizza ferita, ricevendo in cambio una pugnalata all'inguine.

Non era una diceria di Radio scarpa: le donne partigiane erano più agguerrite e feroci degli uomini. Erano loro che eviravano e squartavano i prigionieri italiani, soprattutto se ufficiali, carabinieri o camicie nere. Più di una volta avevamo trovato in bella mostra cadaveri di italiani fatti a pezzi e coi coglioni in gola. Uno spettacolo orribile. Li appendevano ancora vivi agli alberi, a gambe larghe e a testa in giù, e li squartavano come si fa coi maiali. Ma ormai, dopo due anni di guerriglia balcanica, eravamo abituati a ogni tipo di atrocità. Le prime volte vomitavi e avevi incubi, poi non ci facevi più caso, diventata parte del paesaggio, ti lasciava indifferente. In caso contrario, si rischiava la follia.

Zaino e armi in spalla, ci rimettemmo subito in cammino, inghiottiti dalla foresta.

Non stavamo mai fermi – sempre in movimento, tra le montagne, in mezzo alle foreste – per mantenere l'iniziativa e cogliere il nemico di sorpresa, quando e dove meno se lo aspettava, con azioni di commando rapide e violente. Queste erano le regole della controguerriglia. La tattica dei presidi sul territorio e delle grandi operazioni di rastrellamento, quella seguita dal Regio Esercito, si era dimostrata fallimentare. Noi arditi delle truppe speciali combattevamo con le stesse tecniche dei partigiani. Per avere massima mobilità e invisibilità agivamo quasi sempre per plotoni, talvolta a livello di battaglione. Dipendevamo direttamente dal Comando della II Armata e combattevamo su tutto il teatro balcanico sotto occupazione militare italiana, compreso lo Stato indipendente di Croazia di Ante Pavelić – che subito dopo la sua costituzione, nella primavera del '41, era sprofondato nel caos più profondo per gli scontri etnici tra croati, serbi, mussulmani e la guerriglia dei partigiani comunisti. A seconda della necessità, ci portavano in zona operativa con il treno o gli autocarri, e da lì attaccavamo la montagna a piedi, con equipaggiamento leggero e funzionale: lo zaino tattico, il telo tenda, il cappotto e una coperta da campo. Per armi, pistole Beretta, mitragliatrici Breda, mortai Brixia, mitra MAB 38, bombe a mano, baionetta e vanga militare affilate come rasoi. Braccavamo le bande nemiche, fino all'agganciamento e alla distruzione, con azioni fulminee. Spesso, per ingannare i drusi, operavamo senza divisa, con abiti slavi. Stavamo in missione per settimane, in mezzo ai boschi, senza raderci, lavarci, cambiarci d'abito, pieni di pidocchi, mangiando quello che si trovava. Parevamo lupi, e così ci chiamavano i drusi.

Eravamo tutti volontari, provenienti dai vari reparti della II Armata. Alpini della Pusteria e della Taurinense. Fanti delle divisioni Re, Granatieri di Sardegna, Sassari, Cacciatori delle Alpi, Isonzo e Zara. Camicie nere. Forte era la componente di italiani della Dalmazia e dell'Istria, com'ero io, poiché conoscitori della lingua, dei costumi e del territorio, nonché spinti da un atavico odio per gli slavi, da secoli in competizione con noi dalmati e istriani di etnia italiana per il predominio su queste terre.

Chi si arruolava negli arditi, non lo faceva per la paga o il vitto migliori, né tantomeno per la roboante propaganda fascista sulla malvagità del bolscevismo, la superiorità della razza italiana, la difesa della cultura latina, la civilizzazione degli slavi e roba del genere. Forse qualcuno, come noi dalmati, più sensibili ai richiami patriottici. La maggior parte, come quasi tutti quelli del mio plotone, lo facevano per soddisfare la voglia di combattere e il proprio onore di soldato. Cameratismo, spirito di corpo e orgoglio forgiavano i plotoni facendone delle macchine da guerra efficienti e temibili. La gerarchia era limitata all'essenziale, i formalismi banditi, l'iniziativa personale incoraggiata. Noi ufficiali non avevamo attendenti, mangiavamo con la truppa, eravamo i primi a scendere sul campo di battaglia alla testa dei nostri uomini e gli ultimi a lasciarlo. Nessuno rimaneva indietro, nessuno cadeva prigioniero, nessuno scappava di fronte al nemico. Non avevamo paura di nulla, combattevamo con ferocia e determinazione, senza coscienza e rimorsi, per vincere, a ogni costo. Il nemico ci temeva, un nemico selvaggio che rispettava solo la forza bruta e la risolutezza. Nelle guerre balcaniche per i deboli non c'era scampo.

I nazionalisti serbi legati a Draža Mihailović e i croati di Ante Pavelić – i primi raggruppati nelle bande četniche, i secondi inquadrati nelle milizie fasciste degli ustascia o nell'esercito regolare dello Stato indipendente di Croazia, i domobrani – almeno sulla carta, erano nostri alleati contro i comunisti di Tito, e talvolta ci affiancavano nelle azioni di controguerriglia; ma di loro, soprattutto dei croati, non ci si poteva fidare: infidi e animati da un feroce odio per gli italiani, aspettavano solo il momento giusto per colpirci alle spalle e ributtarci a mare.

Capitolo 6

*Governo militare alleato
della Venezia Giulia – Zona A
Città di Gorizia*

1946, 10 novembre, 2:10

"Visintin vi guiderà fino a destinazione. È un ragazzo in gamba e un patriota convinto."

"Grazie colonnello. Mi rincresce non poterle rivelare altro sulla nostra missione. Come le dicevo, è coperta dalla massima segretezza."

"Capitano, non so chi siano i vostri contatti in città, ma siate prudenti. Gorizia è piena di spie jugoslave. Sono infiltrate ovunque, tra i profughi, nelle istituzioni, addirittura nel clero. Un'altra cosa. Quelli che oggi vi davano la caccia non erano i soliti titini della zona, ma gente di fuori, addestrata e bene armata. Probabilmente agenti dell'UDBA."

"Terrò presente le sue parole. Il lavoro che state facendo voi qui a Gorizia è altrettanto importante del nostro e a Roma lo sanno."

"Che Dio sia con voi, per il bene dell'Italia."

Il capitano Lazzi e il comandante della Divisione Gorizia si strinsero la mano.

Paolo Visintin, un adolescente dallo sguardo scanzonato, li aspettava nel cortile interno. Un mozzicone di sigaretta in bocca e un berrettaccio calzato sul capo non riuscivano a celarne la giovanissima età.

Controllarono che in strada non vi fosse nessuno, quindi uscirono di soppiatto. Strisciando lungo i muri raggiunsero una piazza che dava su un altro parco cittadino, completamente avvolto nel buio. Proprio in quel momento transitò a velocità ridotta e fari spiegati una jeep dell'esercito americano.

Era notte fonda e la città era deserta. Dopo la sparatoria della mattina, i nazionalisti italiani e i comunisti italo-sloveni se l'erano date di santa ragione. I militari americani e la polizia civile avevano impiegato tutta la giornata a riportare la calma, facendo largo uso di idranti e manganelli. Il coprifuoco era stato anticipato all'imbrunire e la città era presidiata da pattuglie e posti di blocco.

In caso fossero insorti problemi, Jana aveva lasciato a Lazzi un numero civico dove l'avrebbero potuta contattare nelle 36 ore seguenti, in fasce orarie prestabilite. Il luogo dell'appuntamento, in via dei Rabatta, distava poco meno di un chilometro da dove si trovavano, ma per raggiungerlo dovevano attraversare il centro cittadino e, con il coprifuoco e l'UDBA sulle loro tracce, l'impresa pareva impossibile. D'altra parte non potevano attendere a lungo: l'arrivo in città dei dirigenti del PCI era imminente e anche poche ore di ritardo potevano compromettere tutto.

La soluzione fu trovata nella grapa, l'antico canale fognario che correva sotto Gorizia.

Il padre di Paolo, deportato in Jugoslavia durante i quaranta giorni di occupazione slava della città, era un ingegnere appassionato di speleologia. Nel corso degli anni '30 aveva partecipato ai lavori di copertura del torrente Corno e al suo raccordo con il sistema fognario. Nell'occasione aveva riscontrato l'esistenza della grapa, per lo più ancora praticabile. Negli anni seguenti si era dedicato alla sua esplorazione, coinvolgendo il figlio in questa passione. E in poco tempo Paolo aveva imparato tutti i segreti dell'antico canale sotterraneo.

Il cunicolo, largo un metro e alto uno e mezzo, era rivestito di grossi blocchi d'arenaria con il soffitto a volta. Tratti liberi e asciutti si alternavano ad altri parzialmente allagati o interrati, lungo i quali dovevano procedere con l'acqua sino alle ginocchia o carponi.

Erano entrati da un tombino nei pressi dei Giardini Pubblici. Il ragazzo, munito di una torcia e una scaletta a pioli, li guidava con sicurezza. Per due volte dovettero uscire in strada per poi ricalarsi nei cunicoli da un tombino poco distante. Il sistema era infatti interrotto in più punti, a seguito di cedimenti avvenuti negli ultimi decenni per la costruzione di nuovi edifici. Alla seconda interruzione, una volta in strada, furono costretti a introdursi di soppiatto dentro la corte di un palazzo, poiché era lì che si trovava l'accesso alla grapa.

La traversata richiese quasi due ore.

L'entusiasmo e la parlantina del ragazzo alleggerirono la tensione e fecero volare il tempo. Non la finiva di raccontare della guerra, dei partigiani titini, del suo ruolo nella Divisione Gorizia. Amava la sua città e la sua patria, di un amore totale, ingenuo e disinteressato, che solo un giovane adolescente può nutrire. Gli altri, poco più grandi di lui, ma già uomini segnati e disillusi dai tragici eventi della guerra, lo ascoltavano divertiti.

Ganz, nonostante il solito bruciore allo stomaco, si sentiva motivato e in forze. La tensione per la missione, ormai da giorni, gli aveva rigenerato lo spirito e il corpo, intorpiditi da quasi un anno di sofferenze morali e materiali. Aveva di nuovo un obiettivo da raggiungere. Questa volta però non combatteva per la patria o per qualche altro futile ideale. Si era già sacrificato abbastanza per gli altri. Aveva imparato la lezione. Stavolta lottava solo per sé, la sua vita, il suo futuro, le uniche cose per cui valeva ancora la pena combattere. Lo scontro della mattina, una frustata di adrenalina, l'adrenalina della battaglia, aveva risvegliato quella determinazione, destrezza, professionalità che lo avevano accompagnato nei cinque anni di guerra. Era di nuovo un soldato, una macchina per uccidere. Il pomeriggio di attesa gli aveva consentito di riposare e riflettere. Era riuscito anche a dormire qualche ora, ma di un sonno inquieto. La conversazione del giorno prima con Conti sulla guerra nei Balcani aveva riaperto un varco nel suo recente passato.

Sbucarono da un tombino in via dei Rabatta. Sporchi, bagnati e infreddoliti.

Paolo, prima di immergersi nuovamente nel sottosuolo, volle stringere la mano a ciascuno. Era fiero di aver contribuito a un'operazione così importante. Due lacrime silenziose gli solcarono il volto. Gli occhi umidi rilucevano ai tenui bagliori di un lampione.

Lazzi, informato dal comandante della Divisone Gorizia sulla storia del padre, cercò di rincuorarlo e gli regalò il suo pugnale. Ganz avrebbe voluto dire qualcosa a Paolo, metterlo in guardia. Gli ricordava se stesso da giovane, un ragazzo di frontiera pronto al sacrificio per la patria, idealista e ingenuo. Lasciò perdere. Chi era lui per dare consigli? Che vivesse la sua vita fino in fondo!

Si erano appena divisi quando due fari gialli inondarono la strada.

I coni di luce volteggiarono furiosi fino a convergere sul tombino e illuminare il busto di Paolo intento a scendere la scala.

Gli altri, schiacciati al muro e nascosti da una pensilina, rimasero nell'ombra.

Due soldati americani si lanciarono verso il ragazzo coi fucili spianati.

"Alt! Alt!"

"Come on! Come on! Get up!"

Paolo li guardò con aria di sfida e si lasciò cadere dentro il tombino.

Gli americani non andarono per la leggera. Lampi di luce e botti riecheggiarono cupi nella via. Due serie di scariche, brevi e violente.

Conti, senza dir niente, uscì dalla pensilina dov'erano nascosti, fece alcuni passi verso i soldati voltati di spalle e li centrò alla testa con due colpi di pistola.

"Che cazzo fai? Sei impazzito?" gli urlò contro Lazzi.

"Il ragazzo… gli hanno sparato… non potevamo lasciar perdere!" farfugliò Conti.

"Fra pochi minuti avremo addosso tutto l'esercito americano!" affermò Ganz.

"Sono morti?" chiese Lazzi a Romita.

Quello si chinò sopra i due americani e fece cenno affermativo con la testa.

"Il ragazzo?"

"Non si vede niente dentro il tombino, è tutto buio."

Ganz incendiò uno straccio con l'accendino e lo gettò nella cavità, seguendone la traiettoria.

Un bagliore effimero illuminò una figura esile coi calzoni corti riversa a faccia in giù, nel fango macchiato di sangue.

Si voltò verso gli altri scuotendo la testa.

Nessuno si mosse o proferì parola per alcuni interminabili secondi.

"Conti, Ganz" ordinò secco Lazzi. "Gettate i due soldati nel tombino e richiudetelo. Presto, prima che ne arrivino altri."

Strisciando lungo i muri risalirono la via sino a raggiungere il numero civico concordato, a poche decine di metri dal tombino. Secondo le informazioni di Lazzi la ragazza li avrebbe attesi in un appartamento del secondo piano di quella palazzina dei primi del '900. Erano le quattro e dieci del mattino e rientravano perfettamente in una delle fasce orarie prestabilite.

Ganz poggiò la mano sul portone d'ingresso. Era solo accostato.

Lazzi gesticolò ordini secchi e, mentre Conti spalancava il portone, Ganz e Romita si precipitarono dentro con le pistole in pugno.

L'atrio della palazzina era immerso nel buio. La luce incerta e giallognola del lampione alle loro spalle delineò una serie di teli appesi su fili di ferro fissati alle pareti. Sulla sinistra, nell'unico stretto passaggio libero dai teli, partiva una rampa di scale.

Entrarono tutti dentro e si richiusero la porta alle spalle. Lazzi accese una torcia e con passo felpato attaccò le scale seguito dagli altri. Il silenzio della notte era interrotto da colpi di tosse, mugolii e sbuffi che, sebbene attenuati, giungevano dagli attendamenti improvvisati. Nessuno dei quattro si meravigliò. Ovunque in Italia c'era penuria di abitazioni. Per i bombardamenti alleati, che avevano distrutto o reso inagibili molte case. Per l'afflusso di frotte di profughi e sbandati nelle città. Gli italiani si adattavano come meglio potevano.

Le scale in pietra erano strette e sconnesse. I muri fatiscenti emanavano odore di muffa.

Salivano guardinghi, alla luce della torcia di Lazzi, con le pistole in mano.

Al primo pianerottolo dovettero passare in mezzo a una selva di materassi stracolmi di bambini e adulti avvolti nelle coperte. Nel mezzo della traversata un'ombra alla loro sinistra si alzò dal giaciglio. Ganz le poggiò la canna della pistola sulla fronte e le fece cenno di tacere e rimettersi giù. La vecchia soffocò un urlo di paura, si chiuse la pezzuola sul volto e si gettò sul materasso, come a voler cancellare un brutto sogno.

Altre due rampe di scale e raggiunsero il secondo piano. Il pianerottolo era nella stessa situazione del precedente, con un'unica differenza. Era tagliato in due da una sottile lama di luce proiettata dalla porta accostata dell'appartamento di destra.

Lazzi fece cenno a Ganz di entrare. Quello, scavalcati gli sfollati distesi sui materassi, si accostò alla porta, quindi, con un violento calcio, la spalancò piombando dentro con la Beretta spianata.

Dietro di lui un bambino cominciò a piangere.

Sveto, l'uomo che li aveva accolti alla pista di lancio, era seduto a un tavolo nel centro della stanza. Li fissava. Gli occhi acquosi. Il volto inespressivo.

Jana era alla finestra. Nascosta dietro le tende sbirciava in strada. "Che Dio sia ringraziato! Siete ancora vivi… Ma chi ha sparato?"

"Conti, trova qualcosa e legali a quelle sedie."

Alle parole di Lazzi, Sveto si alzò di scatto portando la mano alla tasca destra della giacca.

In un baleno Conti fu su di lui.

"Ma che fate?" sibilò la ragazza. "No, Sveto. Fermati!"

Mentre Romita chiudeva la porta, Conti e lo slavo piombarono a terra, con le mani avvinghiate l'uno sul collo dell'altro. Rotolarono sul pavimento e travolsero il tavolo finendo sotto la finestra.

Ganz si avvicinò ai due e con il calcio della pistola pose fine alla colluttazione.

Jana lo fulminò con gli occhi e si chinò sul compagno a terra privo di conoscenza.

Conti l'afferrò per i capelli a la trascinò su una sedia.

Dolore e terrore contrassero il volto della ragazza, che emise uno straziante mugolio.

Romita afferrò la tovaglia che copriva il tavolo e la lanciò a Conti che prontamente legò Jana alla sedia. Quella, atterrita e con gli occhi rossi dal pianto, non riuscì ad aprire bocca.

"Capitano, non c'è niente di rilevante" riferì Romita dopo aver perquisito a fondo l'appartamento. "Abbiamo trovato solo un ricetrasmettitore portatile. È dentro una valigia in camera da letto. Roba americana, di prim'ordine. Il tenente Conti è rimasto a darci un'occhiata."

Lazzi afferrò una sedia e si mise a sedere di fronte alla ragazza, poggiando le braccia incrociate sopra lo schienale.

I loro volti quasi si toccavano.

Jana abbassò lo sguardo, ma Lazzi le afferrò il mento e la costrinse a guardarlo dritto negli occhi.

"La signorina ci deve dare molte spiegazioni."

Si voltò quindi verso Ganz, in piedi alla finestra.

"Vai a chiamare Conti. La cosa interessa tutti."

"Lo ripeto per l'ennesima volta. Non ho la minima idea di chi abbia avvertito i titini del vostro arrivo. Anch'io ho rischiato la vita!"

"Perché ci hai abbandonato?" incalzò ancora Lazzi.

"Cosa potevo fare? Non ero armata…"

"Potevi aspettarci, vedere quello che succedeva."

"In questo modo rischiavo di farmi catturare anch'io. Sono fuggita con la speranza che anche voi, in qualche modo, riusciste a scamparla per poi riprendere contatto nei modi stabiliti, come infatti è avvenuto. Se fossi stata io a tradirvi perché poi vi avrei atteso qui?" La ragazza era paonazza dalla rabbia. Le vene del collo gonfie, i capelli arruffati.

"La puttana mente. È chiaro" affermò Conti. "È infida come tutti quelli della sua razza."

Lazzi senza prestare ascolto alle parole del tenente, proseguì impassibile. "Sei slovena, vero?"

La ragazza annuì.

"Perché sei dalla parte dell'Italia, perché tradisci il tuo popolo?"

"Io odio Tito e la sua cricca di comunisti."

"Durante la guerra collaboravi coi nazisti? Eri coi domobranci?"

La ragazza scosse la testa.

"Allora perché tanto odio?"

"Capitano, non perdiamo altro tempo" si intromise Conti. "Sbattiamoci a turno questa slava e poi le ficchiamo un colpo in testa, assieme al suo amico. In Erzegovina, durante la guerra, io e gli uomini del mio plotone ci siamo divertiti un paio di volte con queste puttanelle comuniste che non sono niente male…"

"Angleton si fida di lei e l'americano sa il fatto suo" rifletté Lazzi a voce alta. Lo sguardo torvo fisso su Jana, come a volerne penetrare la vera natura.

Conti non si dava per vinto. "Rimane il fatto che qualcuno ha tradito e non può essere che questa troia!"

"Non siete i soli ad essere stati traditi" protestò Jana. "La mia copertura è saltata. L'UDBA sa di me e mi sta cercando."

"Comunque sia, la missione è compromessa" affermò Conti, cercando lo sguardo del capitano Lazzi.

"Non ancora" ribatté Jana. "Nonostante la vostra presenza dubito che gli uomini di Tito facciano saltare l'incontro coi comunisti italiani. Conosco il loro modo di ragionare. Perderebbero la faccia. La guerra di liberazione nazionale li ha esaltati. Si ritengono l'avanguardia del comunismo europeo, secondi solo ai sovietici, e non vogliono sfigurare con i compagni italiani che li venerano come maestri. Gli italiani devono arrivare a Gorizia domani e l'incontro è previsto per il giorno dopo, il 12 novembre, in un bunker nella selva di Tarnova, non molto distante da qui, ma in zona sotto controllo jugoslavo. Non ammetteranno mai di doverlo annullare perché non sono in grado di garantire la sicurezza."

"Come ricavi queste informazioni? Chi sono i tuoi contatti?" domandò Conti.

Lazzi si alzò di scatto e socchiuse gli occhi, massaggiandosi con energia il mento. "Non faranno certo transitare i comunisti italiani per Gorizia. Non sono così stupidi. Raggiungeranno il bunker da un'altra parte, magari passeranno il confine più a nord, lungo l'Isonzo."

"Vorrà dire che agiremo a Tarnova" disse Ganz. "Oggi è il 10, abbiamo due giorni pieni per organizzare la cosa." Poi si rivolse a Jana. "Sai dove si trova questo bunker?"

La ragazza fece cenno affermativo con la testa.

"Voi siete pazzi!" esclamò Conti. "Come pensate di ucciderli in territorio nemico tra centinaia di soldati e uscirne vivi? Sarebbe un suicidio. Dobbiamo annullare la missione, dobbiamo procurarci…"

"Quello che ti devi procurare sono un paio di palle!" esclamò Ganz. "Come potevamo vincere la guerra con ufficiali come te!"

Lazzi batté il pugno destro sul tavolo, quasi a sfondarlo. "Non ho combattuto tutti questi anni per lasciare l'Italia in mano ai comunisti o farla sprofondare in un'altra guerra civile. Dobbiamo fare di tutto per evitarlo. Agiremo a Tarnova."

"In strada ci sono movimenti strani" intervenne Romita che sbirciava dalla finestra.

"Militari americani?" domandò Lazzi.

"No, civili. E sono armati."

"L'UDBA ci ha trovato. Dobbiamo fuggire" disse Jana, con gli occhi sgranati.

"La maledetta ci ha tradito ancora!" urlò Conti. "Ora basta."

Estrasse un pugnale dalla giacca e si lanciò sulla ragazza, ma non riuscì a raggiungerla.

Con un tonfo sordo stramazzò al suolo.

Capitolo 7

"Basta litigi tra noi!" sbotto Lazzi. "Quel che conta è che gli sgherri di Tito sono qua sotto e vogliono farci la pelle."

"Capitano, io…" farfugliò Conti, ancora a terra frastornato per il colpo ricevuto.

Lazzi lo fulminò con gli occhi e gli puntò la pistola. "Tenente, se continui la userò dalla parte giusta…" Quindi si rivolse a Romita. "Tu, slega la ragazza. Dobbiamo andarcene subito da qui."

"Non possiamo lasciare Sveto" disse Jana indicando il compagno, ancora svenuto a terra.

Lazzi lanciò un'eloquente occhiata a Ganz, ma la ragazza percepì le loro intenzioni. "Non potete ucciderlo. Deve venire con noi."

"Impossibile, non vedi che è svenuto. Se lo lasciamo qui vivo lo faranno parlare."

"Conosce alla perfezione la foresta di Tarnova, sa dove si trova il bunker."

Lazzi guardò Ganz.

"Ho solo una vaga conoscenza della zona" disse quello.

Il capitano imprecò tra i denti.

La ragazza prese a scuotere Sveto per svegliarlo.

Ganz andò a prendere una catinella d'acqua che gli rovesciò sul viso.

Lo sloveno si rimise in piedi a fatica, ancora frastornato.

"Come usciamo da qua?" chiese Romita.

"Al pianerottolo del terzo piano c'è un abbaino che dà sul tetto dell'edificio" spiegò Jana.

Lazzi dette una sbirciata alla finestra, quindi col mento indicò la porta. "Andiamo."

Camminarono sopra i tetti di alcune palazzine, per poi calarsi in una piazza erbosa con al centro un pozzo. In parte circondata da un elegante porticato avvolto nel buio, richiamava il chiostro di un convento. Si acquattarono dietro il muretto che correva lungo le colonne del porticato.

"Ci hanno seguito?"

"Pare di no."

"Dove andiamo ora?"

"Ho un rifugio sicuro in via Carducci" affermò Jana.

"È distante?"

La ragazza esitò.

"Non è fattibile" rispose Ganz. "Bisogna trovare un'altra soluzione."

Jana lo guardò contrariata. "Non possiamo rimanere tutta la notte qui!"

La discussione si interruppe di colpo.

Ombre scure, appena rischiarate dalla luna, si aggiravano nella piazza.

Il rombo di un motore in avvicinamento spinse le ombre verso l'oscurità del chiostro, al riparo dai fari e dagli sguardi dei soldati americani in pattuglia.

"Due stanno venendo qui."

"Ganz, seguimi" affermò Lazzi, estraendo il pugnale dalla giacca.

Le due ombre si erano riparate dietro una colonna a una ventina di metri dal loro rifugio.

Lazzi e Ganz strisciarono lungo il muro sino a raggiungerli. Si acquattarono nel buio alle loro spalle, pronti a scattare.

I due parlottavano in sloveno e non si erano accorti di niente.

Lazzi fece segno a Ganz di ascoltare la conversazione, magari poteva uscirne fuori qualcosa di utile. Quello tese l'orecchio e immediatamente li sentì ripetere più volte il nome del capitano dell'UDBA che li comandava: Drago Lakovič.

La mente di Ganz, sino a un attimo prima lucida e orientata all'azione, si appannò. Le orecchie cessarono improvvisamente di percepire i suoni esterni. Le gambe cedettero costringendolo a inginocchiarsi. Non era più padrone del proprio corpo, bloccato e schiacciato a terra da una campana di vetro. Fu sopraffatto da una sequela inarrestabile di immagini, suoni, odori sempre più forti, nitidi, terribili.

***

Quel maledetto figlio di puttana, lo incontrai per la prima volta poche ore dopo il mio arrivo al campo di prigionia.

Ero giunto di notte e mi spintonarono subito in una baracca di legno.

Buio pesto. Un tanfo insopportabile di escrementi, sudore, carne marcia. Silenzio tetro, rotto da mugolii e lamenti strazianti.

Provai a fare qualche passo, ma una sequela di calci e insulti in svariati dialetti italiani mi rigettò alla porta.

Il pavimento era tappezzato di corpi.

Un'ondata di scoramento mi travolse. Soffocai una fila di bestemmie. Non potevo restare in piedi il resto della notte. Avevo marciato per tutto il giorno. Ero pronto a uccidere pur di sdraiarmi. Per una sigaretta poi, avrei scuoiato mia madre.

"Una decina di metri alla tua destra, lungo la parete."

La voce misteriosa, un angelo inviato da Dio, mi guidò in un punto dove potei rannicchiarmi sulla terra battuta.

Mi addormentai subito. La vita militare mi aveva reso capace di dormire a comando, ovunque, in ogni momento utile.

Raffiche di arma automatica. Urla animalesche.

Mi svegliai di soprassalto. Non era un sogno.

Intorno a me tutti si alzavano, rassettavano le loro cose e, curvi e silenti, si trascinavano verso la luce artificiale che proveniva dalla porta spalancata.

Li seguii e mi ritrovai in uno spiazzo malamente illuminato da una decina di lampadine elettriche attaccate a lunghe pertiche.

Non sapevo che ora fosse, i drusi mi avevano rubato l'orologio, ma era ancora notte fonda.

I prigionieri affluivano da quattro baracche, sospinti dagli insulti e dai calci di una trentina di guardie armate con fucili Mauser. Ci disponemmo su diverse file per la larghezza dello spiazzo. A occhio e croce eravamo circa un migliaio.

Le guardie, tutte di lingua slovena, non avevano niente a che fare con veri soldati. Sprovviste di divisa, avevano un abbigliamento raffazzonato, in parte civile, in parte militare degli eserciti italiano e tedesco. Molte indossavano giacche di pelle scura, che tanto piacciono agli slavi. Infilati negli stivali e nella cintura, coltellacci e baionette. Gli unici segni distintivi erano la titovka con la stella rossa e il Mauser. Urlavano, sbraitavano, si spintonavano a vicenda. Alcune erano completamente ubriache.

Iniziò l'appello e fu estenuante. Tra continue interruzioni ed errori che costringevano a ripartire da capo, richiese un tempo lunghissimo, che non seppi quantificare.

Ero esasperato. I piedi mi dolevano, svenivo dalla stanchezza e avevo freddo, dopo un'intera giornata sotto il sole, con l'acqua centellinata e senza cibo e sigarette, legato per il collo come un cane dietro il cavallo del druso. Quello sporco pezzente che prima di partire mi aveva rubato gli scarponi, la giacca, il pettine e tutti gli altri effetti personali, lasciandomi in cambio le sue scarpe di corda.

Apparve con l'alba, come in una visione. In groppa a uno splendido cavallo bianco. Gli stivali scintillanti, i pantaloni grigioverde alla zuava sottratti a qualche ufficiale italiano. Il giaccone di pelle nera stretto in vita da una cintura militare con il fodero per la pistola. La solita titovka con la stella rossa. Il frustino di cuoio.

Tutti gli occhi erano su di lui, il capitano Drago Laković, commissario politico del campo di prigionia.

Con i primi raggi del sole misi a fuoco l'umanità che mi circondava. Un ammasso informe di morti viventi dall'aspetto di uccelli infernali. Enormi crani rasati a zero su colli magrissimi e corpi scheletrici. Nasi affilati come becchi. Occhi sbarrati. La pelle gialla e lucida sul busto, diventata grigia e squamosa negli arti. Seminudi, con addosso stracci informi e luridi. Ai piedi carcasse di scarpe tenute assieme da fil di ferro, qualche zoccolo. Molti scalzi.

Guardavano apatici e rassegnati il commissario del campo, un Dio in terra che su di loro aveva assoluto potere di vita e di morte.

A un cenno di Laković iniziarono le pubbliche esecuzioni, in una vera e propria orgia di sangue che mai dimenticherò.

Tre prigionieri, rei di aver raccolto delle radici durante il lavoro nei boschi, furono attaccati per i polsi col fil di ferro ai pali della luce. Quindi le guardie presero a bastonarli sulla schiena e sulle gambe fino allo svenimento.

Altri due erano accusati di aver progettato una fuga. Un terzo complice era morto il pomeriggio, dopo che gli avevano fatto ingerire la propria merda. I due sopravvissuti, già mal ridotti per le sevizie, furono costretti a passare più volte sotto una doppia fila di guardie armate di bastone. Quindi, i loro corpi sanguinolenti e sformati furono issati sui pali e usati dalle guardie come tiro a segno, prima coi coltelli, poi coi fucili.

Dopo tale supplizio, uno respirava ancora.

Lakovič si eresse sulle staffe del cavallo, con occhi carichi di odio e rabbia. "Italiani, sporchi vigliacchi e traditori. Non sprecheremo altre pallottole per voi."

Per poco non scoppiai a ridere. Mi trattenni a stento. Da quell'uomo così autorevole, potente e spietato, in un contesto di una gravità e tragicità assolute, quelle frasi così sprezzanti e senza speranza erano uscite con una voce acuta e stridula, ridicola, del tutto assurda.

Sta di fatto che il sergente Bozo Cernić, il braccio destro di Lakovič, ordinò a due prigionieri di gettare quello ancora agonizzante e l'altro già morto nella fossa delle latrine.

Terminate le esecuzioni, fu l'ora del rancio: una brodaglia marrone di acqua calda, bucce di patate e radici, con un nauseante retrogusto di petrolio. Mi dissero che era l'unico pasto della giornata e che il sapore di petrolio era dovuto ai residui presenti nei fusti dove bollivano l'acqua.

Dopo il rancio, i prigionieri vennero destinati ai lavori fuori dal campo. Io, ultimo arrivato e ancora in forze, fui assegnato al trasporto della legna, il lavoro peggiore, come presto mi accorsi. Si trattava di trasportare, per l'intera giornata e con marce lungo impervi sentieri di montagna, tronchi di legna dalla zona di taglio, posta sui mille metri di altitudine, a valle. Un lavoro massacrante, tenuto a ritmi forsennati, con le guardie che non davano tregua: urla, colpi coi calci dei fucili, la soppressione di chiunque si fermasse. Bastava un niente per lasciarci la pelle.

Il mio primo giorno di lavoro fummo costretti a passare più volte a fianco di un giovane pugliese riverso a terra lungo il sentiero, agonizzante, con la faccia immersa nella sua materia cerebrale. Inciampato, si era slogato una caviglia. Il sergente Bozo non aveva sentito ragioni, obbligandolo a proseguire a furia di calci e sputi. Poi, quando si era accasciato a terra per il dolore, gli aveva fracassato il cranio con gli scarponi. E per tutta la giornata, sghignazzante, lo aveva indicato a monito per tutti i prigionieri. "Questa è la fine di chi boicotta la Repubblica popolare!"

Al termine della giornata riuscii a scambiare qualche parola con alcuni prigionieri. Non fu facile. Pochi erano disposti a parlare. La fame, la sete, il lavoro spossante, le sevizie, la morte onnipresente attorno a loro, li avevano resi dei bruti asociali e apatici.

Molti avevano perso la ragione e vagavano tra le baracche con occhi allucinati e sorrisi ebeti stampati sulla faccia, fin quando non venivano fucilati dalle guardie perché si avvicinavano troppo al reticolato o cadevano affogati nella fossa delle latrine.

All'interno del campo non c'erano né ordine né disciplina. Ognuno pensava per sé. Le risse scoppiavano per un nonnulla. Una radice, un pugno di erba fresca, uno sguardo storto erano buoni motivi per uccidere il compagno di sventura. Le guardie si divertivano nel vedere quegli scheletri umani di trenta quaranta chili scannarsi come bestie. Intervenivano di rado e quando lo facevano prendevano qualcuno a casaccio per torturarlo o fucilarlo.

Il comandante del campo, un sellaio di Vipacco semianalfabeta di cui non ricordo il nome, non contava niente e si occupava solo delle questioni amministrative più spicciole. Tutte le decisioni importanti erano rimesse al commissario politico. Non si muoveva foglia senza il suo assenso.

Lakovič, dal canto suo, si disinteressava completamente della conduzione del campo e delegava ogni incombenza al suo scagnozzo, il sergente Bozo Cernić. Si era stabilito in un palazzetto del vicino villaggio assieme alla sua donna, il conturbante tenente Danica, e le rare volte che entrava nel campo era sempre in groppa al suo cavallo. Non ricordo di averlo mai visto a piedi. Rabbioso e insofferente, con i suoi baffetti biondi e gli occhi di un celeste freddo e impassibile, si aggirava come un dio vendicativo e dall'alto della cavalcatura – con la pistola, gli stivali, la frusta, gli zoccoli della bestia o un semplice cenno a una delle guardie – sfogava sui prigionieri la frustrazione che lo attanagliava.

Dove non arrivavano i carcerieri, ci pensava il deperimento organico, lo scorbuto e soprattutto la dissenteria che in forme più o meno gravi colpiva tutti. Il campo e le baracche erano disseminate di merda sciolta. Pochi riuscivano a raggiungere le latrine e tra atroci dolori scaricavano il liquame dove capitava. La baracca dell'infermeria era stracolma di malati e ogni giorno un carro trasportava fuori un cumulo di cadaveri.

I giorni seguenti seppi che i prigionieri erano quasi tutti italiani. Soldati della Repubblica sociale che avevano combattuto i partigiani nella Venezia Giulia. Militari del Regio Esercito di ritorno dai campi di prigionia della Germania che, a guerra finita, avevano malauguratamente deciso di passare dalla Slovenia per ritornare in Italia. Cittadini di Trieste e Gorizia prelevati durante l'occupazione titina della primavera del '45 poiché ritenuti ostili al nuovo potere popolare. Tra loro molti partigiani cattolici, azionisti e, ironia della sorte, anche qualche comunista.

Mi bastò una giornata di quell'orrore per capire di essere giunto in un campo della morte. Se non me ne fossi andato al più presto, quando ancora le forze mi sostenevano e la mente era lucida, non ne sarei più uscito vivo. Era questione di settimane e anch'io sarei diventato una larva umana incapace di pensare e agire.

***

Una gomitata al fianco ridestò Ganz dal traumatico ricordo.

"Che cazzo fai?" bisbigliò furente Lazzi, sfruttando la copertura garantita dal rombo catarroso della jeep americana.

I due sloveni erano ancora davanti a loro di spalle, ma proprio nel momento in cui il chiostro fu tagliato dai fari gialli della jeep uno dei due si voltò e incredulo li fissò dritto negli occhi.

Con un balzo Lazzi si lanciò sullo sloveno che si era girato. Ganz, dopo un attimo di incertezza, si avventò sull'altro.

Il capitano atterrò il suo uomo e gli serrò le mani alla gola sino a strozzarlo. Ganz stordì il suo con una gomitata in faccia, quindi, per evitare che potesse respirare e urlare, mentre con la sinistra gli tirava la testa all'indietro afferrandolo per i capelli, con la destra gli tagliò la giugulare sin quasi a decapitarlo.

La colluttazione, né silenziosa né fulminea, non passò inosservata.

Colpi di armi automatiche iniziarono a scheggiare le colonne e i muretti del porticato intorno a Ganz e Lazzi, che prontamente si schiacciarono a terra.

"Che ti è preso Ganz? Ti eri addormentato?" lo apostrofò ancora Lazzi fuori di sé dalla rabbia, mentre arretravano verso gli altri.

"Non possiamo muoverci. Ci sparano da tutti i lati" disse Conti quando si riunirono.

"Merda, siamo in trappola" ringhiò Lazzi.

Improvvisamente i colpi di arma da fuoco aumentarono di intensità, ma con una direzione diversa da quelli precedenti.

Anche gli agenti dell'UDBA erano sotto tiro.

"Che diavolo succede?" domandò Romita.

La Divisione Volontari Gorizia era di nuovo intervenuta in loro soccorso. Il suo comandante, dopo che si erano salutati, aveva allertato alcuni militanti residenti in via dei Rabatta per tenere sotto controllo la situazione. Informato dell'arrivo dei titini, aveva inviato alcune squadre armate per trarli in salvo.

La sparatoria era proseguita quanto basta a far intervenire gli americani in forze. Ne era uscito un caos tremendo, in mezzo al quale Ganz e gli altri poterono dileguarsi e raggiungere indisturbati il rifugio in via Carducci.

Capitolo 8

*Governo militare jugoslavo per
il Litorale sloveno, l'Istria e Fiume – Zona B
Selva di Tarnova, bunker Onda Rossa*

1946, 11 novembre, 9:39

"Imbecille, alza la voce e scandisci bene le parole! Con questa pioggia di merda non ho capito niente."

L'acqua cadeva fitta e copiosa. Uno scroscio rumoroso, spezzettato e amplificato dall'imponente faggeta che ricopriva il costone della montagna.

Il caporale dell'UDBA ripeté urlando che la II e la III brigata della I divisione proletaria erano appena giunte da Postumia e subito dislocate lungo l'Isonzo a rinforzare i presidi confinari della linea Morgan, il tracciato militare che dal giungo 1945 divideva la zona di occupazione americana da quella jugoslava. Mentre la III brigata proletaria, di stanza a Idria e arrivata nella notte, stava pattugliando la foresta.

Lakovič chiuse gli occhi e inspirò con forza l'aria pungente e odorosa della foresta. La pioggia esaltava il profumo della terra, del muschio, delle foglie morte e di quelle ancora attaccate ai poderosi faggi.

L'acqua aveva penetrato l'incerato militare, impregnato la giubba e tutti gli altri indumenti, sempre più pesi e rigidi; gli scorreva libera e fredda lungo il collo la schiena le gambe, centinaia di aghi che gli trafiggevano la pelle intirizzita. Ebbe un brivido e la sua mente tornò ai duri ma esaltanti anni della guerra di liberazione, quando assieme ai suoi compagni, nelle impervie foreste prima della Bosnia-Erzegovina e poi della Slovenia, dava battaglia agli invasori fascisti. Sempre all'aperto, sotto la pioggia, la neve, il sole. Affamati e braccati come lupi, ma felici di combattere per la libertà del loro popolo.

Ben presto le angustie del presente soppiantarono i bei ricordi.

Quella di ieri non era stata una bella giornata. Aveva perso decine di uomini e quattro dei terroristi inviati dagli americani erano sfuggiti all'imboscata. L'imprevisto aveva imposto di cambiare l'itinerario degli ospiti italiani, evitando Gorizia, non più sicura. I tre dirigenti del PCI sarebbero arrivati oggi a Cividale e subito trasferiti a Canale d'Isonzo. Il paese era ancora nella Zona A, sotto amministrazione americana, ma gli abitanti erano tutti di lingua slovena e fedeli alla causa. Passare la linea Morgan attraverso i sentieri di montagna non era un problema, e il giorno successivo sarebbero stati scortati al bunker per l'incontro. Il cambiamento aveva creato disagi e problemi logistici di non poco conto, ma lui era il responsabile della sicurezza e non voleva correre rischi. A Gorizia i quattro terroristi sopravvissuti, con l'aiuto delle bande fasciste goriziane, potevano ancora creare problemi. E poi c'era quella traditrice slovena al soldo degli americani, Jana Košić. Anche lei si era dileguata, ma almeno era stata smascherata. A quest'ora i suoi padroni dovevano averla già messa al sicuro… L'identikit della donna era però nelle mani dell'UDBA ed era solo questione di tempo: avevano agenti in tutta l'Europa occidentale, soprattutto in Italia. Il suo istruttore russo alla scuola dell'NKVD amava ripetere che "nessuno sfugge a nessuno". Per il momento a pagare sarebbero stati i suoi parenti e amici in Slovenia.

Si asciugò il volto e aprì le palpebre. Il caporale era ancora lì impettito davanti a lui, con lo sguardo ebete.

Lo scacciò con un gesto della mano e si voltò verso l'ingresso del bunker.

Da quell'anonimo foro nel costone della montagna si dipanava un complesso sistema di gallerie e stanze sotterranee foderate di cemento armato e rese abitabili da un ingegnoso sistema di aerazione.

Nel corso della prima guerra, per più di due anni, dal giugno 1915 al settembre 1917, la selva di Tarnova e il vicino altopiano della Bainsizza rappresentavano l'immediata retrovia del fronte. Gli austriaci avevano pensato bene di trasformare il sistema di cavità carsiche già esistente nella montagna in un moderno bunker per riparare uomini, viveri, armi e munizioni dalle granate italiane che battevano la zona. Abbandonato dagli italiani nei decenni successivi, il bunker era stato riadattato a scopi militari dai nuovi padroni jugoslavi, rapidamente e in gran segreto, con l'aiuto di tecnologia, maestranze e capitali sovietici.

Lakovič si avvicinò ai soldati che presidiavano l'ingresso.

Proprio in quell'istante dal viottolo che attraverso la foresta portava al bunker spuntò un gruppo di uomini avvolti in pesanti pastrani militari. In mezzo a loro Lakovič riconobbe il colonnello Radich dalla fisionomia tarchiata e dall'andatura oscillante. Gettò un'occhiata all'orologio da polso, un prezioso Longines sottratto a un colonnello tedesco preso prigioniero e da lui personalmente liquidato con un colpo di pistola alla testa. Domani a quest'ora sarebbero arrivati anche i comunisti italiani e per il primo pomeriggio tutto sarebbe finito. Duemila soldati dell'Armata jugoslava presidiavano il confine con la zona americana e i dintorni del bunker. Quattro uomini, anche con l'aiuto di tutti i fascisti italiani di Gorizia, non avrebbero potuto nulla.

"I nostri ingegneri hanno fatto un bel lavoro" commentò soddisfatto il maggiore dell'NKVD Igor Antonov, gettando l'occhio sugli innumerevoli ambienti che si diramavano dal tunnel principale.

"Il bunker Onda Rossa è il fiore all'occhiello della collaborazione tra i nostri popoli" sbuffò Radich, nel suo fluente russo.

Il capitano Laković, che procedeva subito dietro i due ufficiali superiori, notò che il colonnello sloveno, con il suo culo grasso e le gambette corte, non riusciva a tenere il passo dell'aitante maggiore sovietico e increspò il volto in un ghigno di commiserazione.

"I lavori di ristrutturazione sono ancora in corso" proseguì Radich, sempre più in affanno. "Abbiamo previsto di terminarli entro l'estate. Avremo più di duemila metri quadrati di ambienti sotterranei muniti di luce, acqua e dei più moderni sistemi di sicurezza. Il governo sloveno e quello federale stanno investendo molto in quest'opera. Il bunker diventerà la nostra principale base militare nel Litorale, la testa di ponte più avanzata a disposizione dell'Armata rossa per diffondere la rivoluzione bolscevica nell'Europa occidentale."

L'ufficiale dell'NKVD annuiva alle parole del colonnello jugoslavo, ma senza degnarlo di uno sguardo e con un sorrisino sarcastico stampato sulla faccia.

Radich con una goffa corsetta prese qualche metro al maggiore Antonov e indicò un vano sulla destra del tunnel presidiato da due soldati. "Prego, da questa parte."

Il convoglio si arrestò di fronte all'ingresso. Radich, Lakovič, Antonov e il suo attendente, un tenente dell'NKVD dai tratti asiatici, entrarono chiudendosi alle spalle la porta blindata. I soldati del seguito, sia russi che jugoslavi, rimasero nel tunnel.

La stufa a legna al centro della stanza attirò gli ufficiali come il miele le api. Senza neanche sbottonarsi i pastrani l'attorniarono con il palmo delle mani aperto. Lakovič lanciò un'occhiata sospettosa al tenente russo che con il suo volto largo e schiacciato era rimasto lontano dalla stufa. Doveva essere un siberiano, uno di quei selvaggi abituati a combattere in condizioni estreme che nel terribile inverno del '43 avevano messo in ginocchio i tedeschi sul fronte orientale. Improvvisamente si vergognò della sua debolezza e si allontanò dallo struggente tepore della stufa.

"Mi sto adoperando per organizzare la visita del maresciallo Tito al bunker" proseguiva Radich col suo fare cerimonioso e adulatorio. "Spero per la primavera…"

"Ho la gola secca, qualcosa da bere?" lo interruppe Antonov.

"Ma certo, accomodiamoci al tavolo. Ho fatto venire dalla mia città Celje una scorta di birra. È speciale, fatta con le acque termali."

"Il tenente non si unisce a noi?" domandò Lakovič accennando al siberiano dell'NKVD.

"Il tenente Chutka non è tipo di compagnia" disse Antonov, "non badate a lui."

Quello, indifferente a tutto, si era appoggiato con la schiena al muro. Gli occhi stretti in due fessure impenetrabili. Le mani incrociate sulla fondina del Nagan, il revolver in dotazione agli ufficiali sovietici.

"Per l'incontro di domani" introdusse il discorso Radich, "è tutto pronto. Le armi da consegnare ai compagni italiani sono già stoccate qui nel bunker. Dovremo concordare modalità di consegna e luoghi di deposito in Italia."

"Di che si tratta?" domandò Antonov, togliendosi il cappello.

"Per lo più materiale tedesco e italiano, bottino di guerra, lo stesso che stiamo fornendo ai partigiani greci. Vediamo…" Radich frugò nel suo portadocumenti e tirò fuori un foglio dattiloscritto sgualcito. "Come prima consegna abbiamo 2 casse di plastico e dinamite, 15 mortai pesanti con 450 granate, 50 mortai leggeri con 2.500 granate, 50 mitragliatrici pesanti Breda con 65.000 proiettili, 150 mitragliatrici leggere, 600 fucili automatici Beretta con 86.000 proiettili, 4.000 bombe a mano, 1.600 panzerfaust, 1.000 fucili Mauser con 150.000 cartucce, 500 mine antiuomo, 100 mine anticarro."

"Per l'assistenza?"

"Abbiamo selezionato dieci agenti dell'UDBA, tra i migliori. Giovani ufficiali croati e sloveni con esperienza di comando acquisita in guerra che parlano perfettamente italiano. Seguiranno come istruttori militari i compagni italiani nelle maggiori città del nord, Toscana e Romagna comprese. Saranno in continuo e diretto contatto con Lubiana e aiuteranno gli italiani a creare i quadri di un esercito clandestino capace di avviare la rivoluzione e instaurare un governo popolare sul modello jugoslavo...”

“Sovietico, vorrà dire” precisò con una punta di malizia il maggiore dell’NKVD, mentre i suoi occhi cadevano sulle grandi foto di Stalin e Tito appese alla parete. Le cornici erano goffamente drappeggiate con due corone rinsecchite di alloro e con le bandiere sovietica e jugoslava.

“Certo” si affrettò a precisare Radich. “L’Unione Sovietica è la madre del comunismo, il nostro faro, e il compagno Stalin la guida indiscussa dei proletari di tutto il mondo, ma, mi consenta maggiore, anche noi slavi del sud, nel nostro piccolo, abbiamo contribuito alla causa.”

Antonov, visibilmente infastidito, fece cenno a Radich di passare oltre.

Quello riprese immediatamente. “Questo bunker diventerà il deposito principale per il rifornimento e l’assistenza militare e logistica ai compagni italiani, già ben armati e pronti all’insurrezione. Agli angloamericani hanno consegnato solo le armi di scarto, quelle buone sono state nascoste in depositi segreti, ben oliate e pronte all’uso. Aspettano solo il segnale.”

"Togliatti non mi sembra molto propenso a utilizzare queste armi" insinuò il sovietico mentre lisciava il suo copricapo piatto di colore blu con la fascia rossa e la visiera nera, quello in dotazione agli ufficiali dell'NKVD.

"Conosciamo tutti il compagno Togliatti. È un tipo prudente, un intellettuale machiavellico che non ha mai imbracciato un fucile..."

"È un debole! come tutti quelli della sua razza" sentenziò Lakovič con voce stridula. "La guerra ci ha mostrato che gli italiani sono un popolo di vigliacchi e traditori. Non hanno fegato e si vendono al padrone di turno, ieri i tedeschi, oggi gli americani. Solo gli ebrei sono peggio di loro…"

"Mia madre è ebrea" affermò con freddezza Antonov.

Radich divenne paonazzo. "Mi scuso per l'irruenza del capitano Lakovič. È il responsabile della sicurezza e ha avuto giornate di intenso lavoro. Tra l'altro durante la guerra ha studiato nella vostra scuola a Mosca."

Antonov estrasse dalla giacca una sigaretta che prontamente il siberiano, con le movenze di una pantera, gli accese. "Allora mi rammarico che il suo capitano non abbia ancora assorbito i principi basilari del comunismo, come la fratellanza tra i popoli e la comune lotta di tutto il proletariato contro il fascismo e il capitalismo. Nazionalismo e razzismo sono idee borghesi. Voi jugoslavi avete ancora molto da imparare."

"Gli italiani hanno oppresso il mio popolo e sterminato la mia famiglia!" si giustificò Lakovič.

"Chi si fa governare dai sentimenti è destinato alla sconfitta" replicò il russo. "L'azione dei comunisti deve essere guidata da raziocinio, calcolo, analisi."

"Abbiamo sempre da imparare dai nostri fratelli maggiori sovietici" convenne Radich. "Comunque, secondo le nostre fonti, la politica moderata e attendista portata avanti da Togliatti incontra sempre più ostilità nel gruppo dirigente del PCI. Alle elezioni politiche di giugno i comunisti hanno preso meno voti di cattolici e socialisti, e il deludente risultato ha convinto molti compagni che la via parlamentare non è quella giusta per instaurare una vera democrazia popolare in Italia. È probabile che nel prossimo futuro Togliatti lasci la direzione del partito a un compagno più energico e risoluto. Noi vogliamo favorire questo cambio di guardia e preparare i compagni italiani a sostenere uno scontro armato con le forze della reazione."

Antonov alzò le sopracciglia. "In politica e in guerra la realtà dei fatti non va mai persa di vista. Secondo voi oggi, con le forze di occupazione angloamericane ancora nella penisola, un'insurrezione armata dei compagni italiani ha concrete possibilità di successo?"

Due colpi secchi sulla porta metallica interruppero la discussione.

Un caporale dell'UDBA entrò nella stanza. "Capitano Lakovič, una nostra pattuglia ha catturato delle spie nemiche nella foresta. Il tenente Gorjan deve riferire con urgenza."

Lakovič si alzò di scatto. "Arrivo subito."

"Perché scomodarsi, capitano" intervenne Antonov. "Per svolgere con profitto il mio ruolo di assistente militare devo conoscere i vostri metodi operativi, vedervi lavorare sul campo."

Radich anticipò Lakovič. "Ma certo. Caporale, fai venire qui il tenente."

Il tenente Danica Gorjan si mise sugli attenti.

"Una nostra pattuglia ha intercettato una banda di terroristi nei boschi vicino al villaggio di Loqua. Nello scontro a fuoco due dei banditi sono rimasti uccisi, due sono stati catturati." Riferì in sloveno.

"Erano in quattro?" domandò Lakovič.

La ragazza si morse le labbra carnose. "No. Due sono riusciti a fuggire, ma ho fatto subito affluire tutti i reparti disponibili per circondare la zona."

"Bene. Dobbiamo controllare ogni cespuglio, anfratto, grotta, dolina, capanna. Li scoveremo anche fossero sprofondati sotto terra!"

"Immagino si tratti del commando americano di cui mi parlavi" affermò Antonov rivolgendosi a Radich.

"È così tenente?" domandò quest'ultimo. "Parli liberamente, il maggiore Antonov è informato della situazione."

"Sì, colonnello."

"Avete identificato i prigionieri?" domandò Antonov.

"Sono due italiani. Li abbiamo rinchiusi nelle prigioni del bunker, in celle separate. Uno di loro sembra che abbia aiutato i nostri soldati e ha chiesto di parlare con lei, compagno colonnello."

"Ma certo, dev'essere il nostro uomo" bofonchiò soddisfatto Radich.

"L'altro si rifiuta di parlare" proseguì Danica. "Ha dato solo il suo nome. Marco Lazzi."

"Ci penso io a farlo parlare" grugnì Lakovič.

"La priorità è trovare i due fuggitivi ed è bene che lei diriga direttamente le ricerche" sentenziò Antonov senza neanche guardare il capitano in volto.

Lakovič cercò di replicare, ma Radich lo fulminò con gli occhi.

"Al prigioniero penseremo noi" proseguì il maggiore dell'NKVD. "Il tenente Chutka è uno specialista in questo genere di cose…"

"Bene, allora possiamo procedere" concluse il colonnello Radich alzandosi dal tavolo. "Non vedo l'ora di presentarle il nostro miglior agente in Italia. Pensi, caro maggiore, che è riuscito a farsi introdurre nel commando destinato a liquidare i tre dirigenti del PCI nostri ospiti. È un ufficiale italiano e lavora per noi dal '42."

Appena usciti nel corridoio Antonov prese sotto braccio il colonnello dell'UDBA. "Caro Radich, mi farebbe molto piacere approfondire la conoscenza del tenente Danica Borjan, questa sera nella mia camera."

Radich sgranò gli occhi e balbettò una frase incomprensibile, mentre Lakovič, pochi metri più avanti, si voltò di scatto e con il volto livido di rabbia si gettò sul maggiore sovietico; ma non riuscì a raggiungerlo. Spuntato dal nulla, il siberiano, con una presa d'acciaio, lo aveva bloccato e inchiodato al muro di cemento del tunnel.

Tutti gli altri, compresa Danica, che non parlavano il russo, guardavano la scena attoniti.

"Può bastare Chutka, il capitano ha compreso il suo errore" sospirò Antonov. Poi rivolgendosi al capitano, ancora stordito per l'attacco del siberiano: "Siamo pari caro Lakovič, lei è inciampato su mia madre, io sulla sua donna."

Capitolo 9

Due ore prima.

Procedevano in fila indiana, sotto una pioggia fitta e sottile, in mezzo a una faggeta che sembrava non avere fine. Stavano costeggiando l'ennesimo promontorio. Erano diretti al bunker Onda Rossa, con l'obiettivo di individuarne i sentieri di accesso per organizzare un'imboscata ai dirigenti del PCI, il cui arrivo era previsto per la mattina del giorno successivo.

Sveto era in avanscoperta alla testa della piccola colonna. Conti aveva dato da poco il cambio a Ganz e avanzava in quota, lungo il crinale che dominava il sentiero, a copertura del fianco sinistro contro eventuali imboscate.

Orientarsi nella selva di Tarnova era molto difficile e Ganz lo sapeva bene. Il paesaggio boscoso era uniforme, caratterizzato da continui promontori e doline, senza vette particolari, corsi d'acqua o altri punti di riferimento. Era stato più volte in questa foresta nell'inverno del '45 e in base ai suoi ricordi il vecchio bunker austriaco non doveva essere lontano. Comunque Sveto conosceva a menadito la selva e li guidava senza indugio verso la meta, scegliendo i sentieri meno battuti e più impervi, per evitare i soldati titini che sicuramente stavano pattugliando la zona.

Ganz camminava in silenzio, con le orecchie tese e gli occhi che balenavano tra i faggi in cerca di anomalie. Poco prima che Conti gli desse il cambio aveva sentito dei rumori sospetti nel declivio sottostante e non era per niente tranquillo.

La tensione che lo pervadeva, tuttavia, non impedì ai suoi pensieri di tornare alla giornata precedente.

Dopo la sparatoria sotto il porticato di piazza Sant'Antonio, approfittando del caos e con l'aiuto della Divisione Gorizia, avevano raggiunto senza problemi l'appartamento di via Carducci. Ma la sosta era stata breve. La notte stessa, prima del sorgere del sole, avevano lasciato Gorizia dirigendosi a nord, lungo l'Isonzo. Si erano nascosti sui promontori boscosi sopra il villaggio di Salcano e, per non farsi beccare dalle pattuglie americane e jugoslave, avevano impiegato tutto il giorno nell'attraversare la linea Morgan, tra attese estenuanti rintanati nel sottobosco e corse precipitose per superare campi e strade. A sera inoltrata avevano raggiunto un casolare ai margini della selva di Tarnova, nei pressi del villaggio di Gargaro. Là, ospiti di contadini sloveni fidati, avevano trascorso il resto della notte.

Lazzi aveva deciso di informare Angleton sugli sviluppi della situazione e sulla loro ferma intenzione di proseguire la missione in territorio controllato dagli jugoslavi. Avrebbero ucciso i comunisti italiani direttamente nel bunker di Tarnova. Jana aveva affidato il messaggio in codice al contadino di Gargaro che li aveva ospitati. A quest'ora doveva già aver passato il confine e consegnato la missiva al tenente Johnsons del comando americano di Udine, l'uomo di Angleton nel Triveneto, il suo referente diretto in caso di emergenza.

Avevano perso due uomini, ma avevano acquisito Jana e Sveto, elementi preziosi per la conoscenza della lingua e la determinazione che li sorreggeva.

La missione, di per sé rischiosa, dopo gli ultimi sviluppi era diventata suicida; ma tutti erano decisi ad andare avanti, sebbene ognuno con motivazioni diverse.

Lui, Aldo Ganz, non aveva niente da perdere. Non c'erano vie di mezzo. L'alternativa al successo della missione, con la possibilità di chiudere col passato e rifarsi una nuova vita lontano dall'Italia, era una morte onorevole in battaglia, da soldato.

Jana si era rivelata una tipa tosta, efficiente e piena di risorse. Spinta da un odio viscerale, era pronta a tutto pur di nuocere ai comunisti titini. La cosa non era né assurda né sospetta, al contrario di quanto insinuato da Lazzi in via dei Rabatta. Durante la guerra Tito aveva instaurato il regime bolscevico su montagne di cadaveri della sua gente; e oggi lo stava consolidando su montagne ancor più grandi. Qualche nemico doveva pur esserselo fatto.

La ragazza poi era bellissima, di quella bellezza slava, esotica e prorompente, che tanto piaceva agli italiani. Lui era cresciuto in mezzo ai croati e c'era abituato, ma gli altri no. Si era accorto di come Romita, Conti e gli altri la guardavano. Durante l'occupazione dei Balcani ne aveva visti a bizzeffe di soldati italiani, anche alti ufficiali con moglie e figli, perdere la testa per queste amazzoni. E i drusi, che lo sapevano, le usavano spesso come informatrici. Molte volte i titini conocevano le mosse dell'Esercito italiano prima dei suoi stessi ufficiali.

Sul compagno di Jana, Sveto, c'era poco da dire. Era un tipo di poche parole, ma solido e fidato. Faceva tutto ciò che gli ordinava la ragazza. Inoltre la sua conoscenza dei luoghi era preziosa.

Quanto a Lazzi, si era dimostrato un comandante coraggioso e capace, oltre che un abile combattente. Era animato da un forte senso del dovere e credeva fermamente nella causa per cui lottava: difendere l'Italia dallo slavo-comunismo. Una solida motivazione per un soldato è decisiva: ne moltiplica a dismisura capacità e spirito combattivo. Ganz al principio non avrebbe scommesso un centesimo sul capitano del SIM. I romani erano i peggiori soldati che avesse conosciuto in guerra. Imboscati nati, opportunisti e infingardi. Avevano rappresentato il ventre molle del Regio Esercito nel recente disastroso conflitto. Quell'uomo invece, sebbene duro e diffidente nei suoi confronti, era fatto di tutt'altra pasta e Ganz era ben lieto di averlo come comandante in questa missione.

Romita poi apparteneva a quella categoria di sottoufficiali cui andava il merito delle poche cose buone combinate dall'Italia in guerra: un contadino ignorante come una capra, ma forte e coraggioso come un toro e fedele come un cane, pronto a seguire il suo capitano fino all'inferno.

L'unico punto interrogativo era Conti, il disfattista del gruppo o, forse, l'unico con la testa sulle spalle che teneva alla propria pelle. Sin dai primi imprevisti non aveva perso occasione per mandare all'aria la missione. Una missione obiettivamente temeraria, ma dietro la sua prudenza non c'era solo vigliaccheria o amore per la vita... Ganz non aveva dimenticato la confidenza di Angleton e l'incarico speciale affidatogli. Nel commando probabilmente c'era una spia e lui doveva scovarla. Quel tenente non la raccontava giusta e, sin dalla prima imboscata al parco di Gorizia, non lo aveva perso d'occhio.

Un "grazie" improvviso e netto come una pugnalata interruppe il flusso dei suoi pensieri.

Ganz rallentò l'andatura, senza voltarsi.

"Per Sveto" aggiunse Jana, che camminava subito dietro di lui. "Conosci la zona, sai dove si trova il vecchio bunker austriaco... se l'altra notte lo avessi detto, il capitano Lazzi avrebbe lasciato Sveto nella mani dell'UDBA."

"Ho combattuto più volte contro i partigiani in queste montagne."

"Eri coi bersaglieri del battaglione Mussolini o con gli alpini del Tagliamento?"

Ganz non rispose e si immobilizzò in mezzo al viottolo col mozzicone di sigaretta fradicio che gli penzolava tra i denti.

"Ehi, che ti succede?" domandò Jana.

Quello si voltò di scatto, la strinse con vigore tra le braccia e si gettò nel declivio boscoso che costeggiava il lato destro del sentiero.

Rotolarono per alcune decine di metri in mezzo alle foglie e agli arbusti del sottobosco. Non appena la pendenza diminuì e la loro discesa perse slancio, la ragazza si sentì trascinare dietro un'enorme ceppaia di faggio, per finire con la schiena in mezzo alle foglie bagnate, schiacciata dal peso dell'uomo. Scalciò, allungò le mani in cerca di un sasso, un ramo, qualunque cosa per colpirlo. Inspirò a pieni polmoni per urlare e chiedere aiuto. Invano. Ganz la inchiodò a terra e le tappò la bocca.

Dal bosco sopra di loro, smorzati dal fruscio della pioggia, arrivarono violente raffiche di armi automatiche, seguite da voci concitate in sloveno e italiano, tonfi sordi di rami rotti e calpestio di foglie.

Jana si calmò subito e la rabbia scolpita nei suoi occhi si tramutò in stupore. Ganz allentò la presa, scivolò bocconi al suo fianco e con le mani le fece cenno di fare silenzio.

I rumori e le voci sopra di loro divennero sempre più nitidi.

"Devono essere qui intorno. Non possono essere spariti."

"Cercate, non devono scappare."

Parlavano in sloveno.

"Ma è la voce di Conti" sussurrò la ragazza ancora frastornata e d'istinto con la mano cercò il suo mitra; ma Ganz le strinse forte il polso destro e con un'occhiata che non ammetteva repliche scosse deciso la testa. Quindi le fece cenno di seguirlo.

Jana, dopo un attimo di esitazione, ubbidì e lentamente iniziò a strisciare tra le foglie dietro di lui.

Dopo un tempo imprecisato Ganz, ormai lontano dal luogo dell'agguato, si alzò in piedi e si guardò attorno. Il mitra spianato. Gli occhi e le orecchie, allenati da anni di guerriglia nei boschi, pronti a captare ogni minimo segnale di pericolo. Slegò dallo zaino una corta pala di tipo militare, si calzò il cappello in testa e iniziò a scavare nel fango.

"Ma che fai? Ti scavi la fossa?" lo apostrofò Jana.

"Tra poco saranno qui. Batteranno tutta la foresta palmo a palmo. Dobbiamo mimetizzarci e farci sorpassare dal rastrellamento. È l'unica possibilità per uscirne fuori."

Jana rimase inebetita a fissare quell'uomo tutto ricoperto di fango che sotto una pioggia scrosciante affondava con energia la vanga nella terra bagnata.

"Non stare là impalata come una cretina. Vai a raccogliere delle frasche" inveì Ganz. E subito dopo, vedendola ancora lì ferma: "Ora!"

La ragazza trasalì, come scossa da una frustata, e obbedì.

La madre terra. Nel suo ventre il soldato trova il miglior rifugio contro le granate, le pallottole, il fuoco, gli occhi del nemico assetato di sangue. Ma per questo serve la vanga militare.

In guerra Ganz non se ne separava mai. E anche in questa missione, per sua fortuna, era riuscito a procurarsene una.

La notte precedente nel casolare di Gargaro, appoggiata allo stalletto del maiale, Ganz aveva trovato una feldspaten della Wehrmacht, abbandonata alla fine della guerra da qualche soldato tedesco in fuga, e poi usata per spalare il letame. Pesa poco meno di un chilo. Lunga sessanta centimetri. Il manico in legno. La lama di ferro, larga due palmi, piatta e squadrata. Un ottimo arnese non solo per scavare, ma anche per uccidere o cuocerci sopra un uovo. Il tedesco che l'aveva lasciata dal contadino sloveno non doveva essere un soldato operativo, aveva riflettuto Ganz. Chissà, forse un furiere, uno scritturale, un cuoco. I bordi della vanga, infatti, non erano stati affilati per il combattimento corpo a corpo. Probabilmente il primo che l'aveva usata era stato lo stesso contadino per spalare la merda dei suoi maiali.

Quella notte Ganz non aveva chiuso occhio: alla solita insonnia si era aggiunta l'adrenalina per i recenti scontri, che il suo corpo, non più abituato a tali emozioni, doveva ancora smaltire; così aveva utilizzato le ore di attesa per rendere la feldspaten una micidiale arma da guerra: l'aveva ripulita dalla ruggine strofinandovi della sabbia e, con una pietra che il contadino usava per la falce, ne aveva raffilato i bordi.

In pochi minuti Ganz aveva fatto due buche, e ormai da quasi un'ora lui e Jana erano seppelliti dentro. Solo il volto emergeva, mascherato dalle foglie dei faggi e dagli arbusti del sottobosco. Lo strato di terra sopra i loro corpi era spesso abbastanza da permettergli di saltare fuori con estrema facilità, ma anche di essere calpestati senza venire scoperti.

Ganz era abituato. Lo aveva fatto svariate volte, per sfuggire ai nemici o per tendere agguati. Immobile, pancia a terra, le orecchie tese, gli occhi vigili sulla fetta di bosco coperta dalla sua visuale, il mitra al fianco, avvolto in un telo, e le mani strette sulla vanga. La sua mente era sgombra e lucida, i suoi muscoli pronti a scattare.

Jana era sull'orlo di una crisi di nervi. Le mancava l'aria. Le dolevano le gambe e un forte tremore le scuoteva le membra intirizzite. Gli abiti, inzuppati d'acqua e schiacciati dal fango, la premevano come uno scafandro di ferro. Il tanfo umido delle foglie morte e della terra bagnata le impregnava le narici e la gola, con nausea e insulti di vomito. E poi quell'uomo taciturno e severo le metteva i brividi. È vero, a Gorizia l'aveva salvata e anche in quella difficile situazione sembrava sapere il fatto suo; ma c'era qualcosa in lui, nei modi arroganti ed efficienti, nella determinazione, che l'inquietava, riportandola a provare le stesse sensazioni di eccitazione, paura e turbamento del tempo di guerra, quando combatteva contro i fascisti.

Non passò molto tempo da quando si erano interrati e mimetizzati che, stemperato dal monotono e ininterrotto fruscio della pioggia, risuonò l'inconfondibile tintinnio di soldati in movimento causato dall'urto metallico di armi, borracce, tascapani e fibbie. Pochi minuti dopo, nel campo visivo di Ganz si stagliarono tre sagome di pastrani militari.

I tre jugoslavi procedevano lentamente verso di loro, distanziati di circa cinque metri l'uno dall'altro. Le baionette inastate sui fucili gocciolavano d'acqua e nonostante il cielo coperto mandavano sinistri bagliori. Quello di destra puntava proprio verso di loro. Ganz, per quanto possibile, si guardò attorno. Non si vedevano altri soldati, ma sicuramente a poca distanza dovevano avanzare altre squadre. Usare le armi da fuoco sarebbe stato un suicidio. Pregò che non li scoprissero.

Lo stivale atterrò sopra il suo polpaccio destro e passò oltre. Ganz poté sentire distintamente lo stridio degli stivali di cuoio che si piegavano, il crepitio secco della pioggia sull'incerata, il respiro affannato del soldato. Per un attimo il forte odore di sudore, cuoio e tabacco che sprigionava il corpo giovane a slanciato dello slavo coprì quello della terra umida e delle foglie morte.

Trattenne ancora il fiato per alcuni secondi, poi lasciò andare un respiro liberatorio, allentò i muscoli e chiuse gli occhi; ma il sollievo fu breve: il soldato si era fermato dopo pochi metri averlo superato. Il ticchettio del suo incedere era cessato, mentre il fruscio di foglie che lacerava il silenzio della foresta aveva un'altra origine. Con orrore Ganz vide muoversi le frasche e il fogliame depositato sopra Jana, sepolta pochi metri davanti a lui. I nervi della ragazza avevano ceduto. Il ticchettio metallico riprese e tornò ad avvicinarsi. Il soldato si era accorto dei movimenti di Jana e tornava sui propri passi, verso di loro.

La decisione richiese pochi secondi. Ganz balzò fuori dalla sua tana e torcendosi su se stesso, con la feldspaten impugnata a due mani, lasciò partire un violento montante, dal basso verso l'alto. Lo slavo era proprio dietro di lui e la pala gli spiccò la testa di netto. Il tronco decapitato cadde sulle ginocchia spruzzando una fontana di sangue. Mentre la lama penetrava sotto la mascella, Ganz aveva già individuato gli altri due soldati, e su di loro subito si avventò con un guizzo degno di un lupo. Quelli non riuscirono né a puntare i fucili né a chiedere aiuto, atterriti da quel mostro spuntato dalle viscere della terra con le pupille dilatate, i denti digrignati e bianchissimi che luccicavano nel volto coperto di fango e sangue. Smarriti e rassegnati al destino che li attendeva, si lasciarono spaccare il cranio.

Attorno a loro non c'erano altri soldati. Ganz afferrò per un braccio Jana ancora in parte sotterrata, la tirò fuori dalla fossa e le ordinò di aiutarlo a nascondere i tre cadaveri. La ragazza, visibilmente scossa, cercò di alzarsi, ma scivolò e cadde sulle ginocchia. Le sue mani affondarono nella melma intrisa di sangue. Sgranò gli occhi e poco distante incrociò le pupille dilatate e vitree della testa mozzata dello slavo. Spalancò la bocca e un tremito inarrestabile si impadronì del suo corpo.

Ganz la raggiunse, le afferrò il volto e le rifilò due schiaffi, secchi e vigorosi. La ragazza trasalì, si portò le mani al volto e cadde in un pianto liberatorio trovando rifugio nel petto di Ganz. Quello, con un sospiro di sollievo, la strinse a sé e le carezzò dolcemente le spalle. Se non l'avesse prontamente schiaffeggiata, avrebbe perso il controllo, iniziando a urlare e dimenarsi. L'esperienza del fronte gli aveva insegnato che due energici ceffoni sono il rimedio più efficace di fronte al panico da trincea. Dopo quelli il soldato smette di urlare, sussulta spasmodicamente e piange per scaricare la paura e la tensione accumulate. Anche a lui un paio di volte era successo.

Mentre la ragazza si riprendeva seduta su un masso con le mani sul volto, Ganz svestì i due militari con le divise meno imbrattate di sangue, riaprì le due fosse e seppellì i tre cadaveri. Si tolse poi gli indumenti civili e infilò quelli di uno dei soldati. Ordinò a Jana di fare altrettanto.

Indossare quella divisa, la divisa dei suoi nemici in guerra e dei suoi aguzzini nel dopoguerra, gli procurava un disgusto inenarrabile, soprattutto mettersi la titovka. Ma non c'erano alternative. Entrambi parlavano sloveno e travestiti da soldati jugoslavi potevano ingannare chiunque. E poi, cosa non secondaria, quelle divise – a differenza dei suoi abiti da borghese – erano fatte di un buon tessuto di lana, caldo e pesante. L'unico inconveniente era il sangue. Ne erano completamente imbrattate.

Così dopo aver seppellito i suoi vecchi abiti, arrotolò a malincuore il suo fedora e se lo infilò nella tasca interna della giubba militare, per poi calzarsi la bustina slava.

Era un minuscolo villaggio di contadini, un pugno di casupole malandate in mezzo a una radura verde assediata dalla foresta.

Nascosti ai margini del bosco, da quasi un'ora osservavano la casa a loro più vicina, un po' distante dalle altre. L'unico segno di vita era un tenue filo di fumo che usciva dal camino per subito scomparire tra le nuvole basse e nere che lambivano le cime dei faggi e gravavano minacciose sul piccolo spiazzo erboso.

Dovevano trovare un luogo sicuro dove mangiare qualcosa, riposare, ripulire le divise dal sangue e fare il punto della situazione; e quel villaggio era il luogo ideale. Si trovava a un'ora di cammino dal bunker e i soldati jugoslavi dovevano già averlo controllato.

"Come ti sei accorto dell'imboscata?"

La domanda a bruciapelo di Jana interruppe un silenzio che andava avanti da quando si erano nascosti ai margini del bosco per osservare il villaggio.

Ganz si levò di malavoglia la sigaretta di bocca, buttò fuori una nuvola di fumo e sputò a terra. "Sapevo che ci avrebbero teso un'imboscata da quando Conti si è offerto di coprire il fianco sinistro. Avevo udito rumori sospetti e non mi fidavo di lui."

"Sapevi che Conti era un informatore degli jugoslavi?"

"Ho avuto i primi sospetti quando mi ha raccontato della sua prigionia nei Balcani dopo la battaglia della Narenta. In quel periodo anch'io combattevo nella zona con un reparto di arditi. Catturammo un ufficiale partigiano che aveva partecipato all'annientamento del nostro presidio di Jablanica. Ero presente al suo interrogatorio. Tutti gli ufficiali italiani catturati vennero fucilati, salvo due traditori che già da tempo collaboravano coi drusi, un capitano d'artiglieria di nome Ileni e un sottotenente che non siamo riusciti a identificare. Ho subito collegato il fatto a un episodio avvenuto durante il lancio notturno. Conti si è lanciato subito prima di me, ma la sua traiettoria di caduta è stata diversa, facendolo atterrare lontano da tutti gli altri. Al principio ho pensato che fosse stato un fatto accidentale, un'improvvisa folata di vento. Ma non era così. È volutamente caduto in quella macchia, e nella buona mezz'ora in cui è stato irrintracciabile ha sicuramente lasciato delle tracce. Probabilmente ha abbandonato in bella vista il telo del paracadute. La conferma definitiva l'ho avuta ieri sera quando eravamo a Gargaro. Mentre ero fuori nel cortile a pulire la vanga ho sentito Conti che parlava in sloveno con il contadino, quando la mattina precedente mi aveva confidato di non conoscere una parola delle lingue slave. Era lui il sottotenente italiano di Jablanica al soldo dei partigiani, e oggi grazie a lui i titini sapevano in anticipo tutte le nostre mosse. Angleton mi aveva messo in guardia."

Jana trasalì. "Angleton sospettava che ci fossero delle spie tra voi?"

"Andiamo" tagliò corto Ganz, accennando col mento al casolare che avevano preso di mira. "Camminiamo tranquilli, senza dare nell'occhio. Siamo soldati di Tito e non abbiamo niente da nascondere."

Raccolse lo zaino e balzò fuori dal suo nascondiglio. Jana lo seguì.

"Solo me ne vò per la città / passo tra la folla che non sa / che non vede il mio dolore…"

"Cosa?" domandò Jana.

"Natalino Otto, un grande cantante. Non lo conoscete qua?"

La ragazza fece un gesto di stizza, allungò il passo e lo superò.

Ganz alzò le spalle e riprese a canticchiare. "Ogni viso guardo non sei tu / ogni voce ascolto non sei tu / dove sei perduto amore / ti rivedrò, ti troverò, ti seguirò."

Un contadino dal volto rugoso e i capelli bianchi aprì la porta. "I soldati sono già passati di qua" disse dopo averli squadrati. "E mi hanno portato via una vacca e due capre" aggiunse cupo.

Jana gli puntò il mitra al petto. "Devi essere orgoglioso di contribuire al bene del popolo. Io e il mio compagno abbiamo bisogno di ospitalità sino a domattina. Cibo, acqua per lavarci e un posto dove dormire. Non ti daremo altro disturbo."

Il contadino si scostò e i due poterono entrare nella casa. Un odore caldo e pesante di stalla e di verza li investì. Una donna massiccia come un armadio, il volto impenetrabile e l'età indefinita li osservava, mentre girava energicamente il mestolo in una grande pentola di rame posta sulla peč, la stufa in muratura delle case contadine slovene.

La donna, senza dire una parola, riempì due scodelle di zuppa fumante e le posò sul tavolo, seguite da burro, birra e pane nero. Ganz e Jana gettarono a terra gli zaini, si tolsero i pastrani zuppi d'acqua e si buttarono con avidità sulle cibarie.

I due contadini li guardavano in silenzio, gli occhi incollati sulle vistose macchie di sangue che lordavano le divise.

"Avete combattuto? Perché siete soli? Dove sono gli altri del vostro reparto?" domandò d'un tratto il contadino.

Ganz alzò lo sguardo e incrociò gli occhi irrequieti del vecchio. "Non sono affari tuoi, bifolco."

Il contadino indossò un giaccone di pelle e si diresse verso la porta.

"Dove vai?" domandò Ganz.

"Vado a prendere la legna" farfugliò il vecchio.

"Nessuno uscirà di qui fino a domani" affermò Ganz dopo aver gettato un'occhiata a una catasta di legna a fianco della stufa. "C'è già abbastanza legna. Siediti e mangia con noi. Fai il buono che ho fame!"

Il vecchio ebbe un attimo di esitazione, quindi spalancò la porta e si gettò fuori. Ganz, che aveva già messo la mano sul manico del pugnale, si lanciò dietro di lui.

Il colpo lo raggiunse tra le scapole, a pochi metri dalla casa. Cadde riverso a terra, in mezzo al fango.

Ganz si guardò attorno. Non c'era anima viva. Afferrò il contadino per i capelli e lo trascinò in casa.

Si richiuse la porta dietro e lasciò cadere a terra l'uomo, ancora rantolante. La vecchia si gettò su di lui, piangendo e disperando. Ganz imprecò tra i denti e con un pugno tramortì la donna che cadde a fianco del marito.

"Ma che fai!" sbraitò Jana.

Quello si accese una sigaretta e aspirò con gusto. "Vanno uccisi entrambi. È troppo rischioso tenerli in vita."

"Uccisi?"

"È inevitabile, e lo sai perfettamente. Ci pensi tu?"

Jana lo guardò atterrita.

Ganz strinse la sigaretta tra i denti, si chinò a terra sulla vecchia, tolse dalla tasca un fil di ferro a nodo scorsoio che portava sempre con sé, e dopo averlo passato attorno al collo della donna tirò con forza.

Jana sfoderò la rivoltella e gliela puntò alla testa. "Sei un mostro, un assassino! Come puoi uccidere a sangue freddo dei vecchi indifesi?"

Ganz non le prestò attenzione e fece altrettanto con il vecchio. Quindi, senza fretta, si alzò e ripose il filo in tasca.

La ragazza gli puntava ancora contro la pistola.

"Il loro destino era segnato dal momento che abbiamo deciso di rifugiarci qui" affermò Ganz buttando fuori una nuvola di fumo che gli nascose il volto. "Ne va della nostra vita e dell'esito della missione." Quindi con un sogghigno accennò al tavolo imbandito. "È solo che prima di liquidarli volevo mettere qualcosa di caldo nello stomaco."

"Sei un assassino!"

"Sono un soldato."

"Tu godi nell'uccidere!"

"Sbagli. Non trovo piacere a uccidere. Uccidere mi lascia del tutto indifferente e lo faccio ogni volta sia necessario. In guerra, e noi qui siamo in guerra, è un'opzione come un'altra, un'opzione del tutto legittima."

Jana, investita da un'ondata di sentimenti intensi e contrastanti, gli gettò contro la pistola e con un balzo ferino si lanciò su di lui, tempestandolo di pugni, graffi e calci.

Finirono a terra avvinghiati l'uno all'altra. Ganz, non senza fatica, riuscì a bloccare le mani e le gambe della ragazza.

Lui era steso su di lei e i loro volti quasi si toccavano. Jana prese a insultarlo in sloveno e in italiano, e gli sputò in faccia, i denti serrati in un ghigno di sfida e provocazione, gli occhi stravolti dalla rabbia. Ganz le serrò le mani sul collo per vincerne la resistenza; quindi, travolto da un desiderio impetuoso, infuocato da quel corpo caldo, fremente e sensuale che si fletteva sotto di lui, le palpò i seni e il ventre, e le baciò il volto rigato di lacrime, fango e sangue, sino a trovare le labbra. La resistenza di Jana fu breve. Graffi e pugni si sciolsero in abbracci e carezze, gli sputi in baci e le offese in sussurri e gemiti, sempre più appassionati e travolgenti.

Capitolo 10

Stato indipendente di Croazia
Occupazione militare italiana – 2ª zona
Dalmazia, distretto di Tenin

1942, inizio settembre, 2:49

Li seguivamo da giorni.

I drusi erano giunti nel villaggio nel tardo pomeriggio e l'avevano occupato dopo un breve conflitto a fuoco con una sparuta guarnigione di domobrani. Ai primi spari, nonostante il villaggio fosse abitato da croati cattolici, i soldati di Ante Pavelić se l'erano data a gambe levate.

In quel periodo avevo temporaneamente lasciato il mio reggimento e, assieme ai miei due fidati sergenti, ero stato messo a capo di un reparto di četnici con l'obiettivo di liquidare una pericolosa banda di partigiani comunisti che alla fine di agosto era penetrata in Dalmazia dalle zone interne della Bosnia. Spuntavano dal nulla. Assaltavano convogli militari, razziavano villaggi e, soprattutto, sabotavano la strategica linea ferroviaria che via Tenin collegava Fiume a Spalato.

Da giorni eravamo sulle loro tracce e finalmente quella sera si presentava l'occasione buona per annientarli. Li osservammo per tutta la sera, nascosti nella foresta di abeti e pini che lambiva il villaggio, il solito lurido e fangoso agglomerato di casupole che si incontrava sulle Alpi Dinariche.

I drusi, circa un centinaio, si erano accampati nel cimitero attorno alla chiesetta cattolica, sotto l'ombra delle querce. I cucinieri della banda, dopo aver uncinato ai ferri di una finestrina della chiesa le zampe delle pecore e dei vitelli sgozzati, li avevano scuoiati, fatti a pezzi e gettati in marmittoni poggiati sopra le tombe che servivano da alari. Dentro la chiesa le donne del villaggio avevano impastato il pane.

Il profumo dello stufato di carne e del pane appena sfornato mi avevano fatto quasi svenire. Da settimane andavamo avanti con carne secca e pane rancido... Per un attimo mi era balenata l'idea di attaccare subito. I miei četnici, sono sicuro, mi avrebbero seguito senza discutere. Avevo visto i loro occhi allucinati mentre fissavano i marmittoni di carne. La fame rende folli.

Aspettare con pazienza. Questo è il segreto dell'imboscata. Aspettare il momento giusto, per ore, per giorni interi se necessario; senza agitarsi, senza disperdere energie, senza perdere la concentrazione. Per poi attaccare il nemico con la massima sorpresa, quando meno se lo aspetta, dov'è più vulnerabile.

La festa era durata fino a tarda notte, tra balli, canti e comizi, di battaglia e di vittoria. Sotto gli sprazzi di alcune fiaccole infisse ai tronchi delle querce, proprio davanti alla chiesina, le contadine avevano cantato e ballato il kolo coi drusi al suono di una fisarmonica. Si erano formati due cerchi che si scavalcavano a vicenda; il cerchio che stava all'interno si teneva stretto per le braccia, quello all'esterno per le mani. Le contadine avevano lunghe sottane di lana grezza verdastra o marrone e corpetti rossastri, sempre di lana, trapunti di ricami, e in testa pezzuole dalle tinte vivaci che luccicavano ai bagliori delle torce. I drusi e i contadini che non danzavano prendevano parte al ballo accompagnando il suono dell'armonica con un battito di mani cadenzato. Al termine della festa, fatti cessare suoni canti e balli, il comandante partigiano – un contadino croato segaligno dalla faccia squadrata – era salito sul tumulo più alto degli altri e aveva arringato la folla che lo accerchiava, male illuminata dalle fiaccole. Nel suo croato sgrammaticato e rude il comandante aveva sciorinato, sputandoli come mazzate, i soliti slogan comunisti, prospettando alla folla un avvenire di progresso, libertà, giustizia e democrazia. "La nostra lotta non avrà fine finché l'ultimo fascista calpesterà la nostra terra. Smrt fašizmu!" aveva terminato con voce strozzata. E tutta la folla, "Sloboda narodu!", aveva echeggiato dal basso[1].

Storditi dal vino e dai canti, i drusi si erano sparpagliati nel villaggio alla ricerca di un riparo per la notte. I più fortunati avevano trovato ospitalità nelle case dei contadini, molti si erano coricati in chiesa, altri tra le tombe del cimitero con le bestie da soma.

Da almeno un'ora il villaggio era avvolto dalla più completa oscurità e gli unici rumori che arrivavano alle nostre orecchie erano il nitrito dei cavalli e l'abbaiare dei cani. I miei ottanta serbi fremevano dalla voglia di combattere e aspettavano solo il mio ordine di attacco, che però esitavo a dare.

Ero teso, non tanto per la battaglia coi drusi, che ero sicuro di vincere, ma per la gestione della vittoria. I četnici, se motivati e ben comandati, erano guerrieri coraggiosi e affidabili, ma seguivano codici di comportamento selvaggi. Il saccheggio dei villaggi conquistati era per loro un diritto, lo sterminio dell'intera popolazione, se croata o mussulmana, un sacrosanto dovere. Il fatto che quei contadini cattolici avessero dato ospitalità, più o meno forzatamente, ai partigiani comunisti era un dettaglio ininfluente. In quella spietata e sporca guerra dei Balcani, l'intensità dello scontro etnico e religioso tra

---

[1] «Morte al fascismo, libertà al popolo!» era il motto dei partigiani comunisti jugoslavi.

croati-cattolici, serbi-ortodossi e mussulmani metteva in secondo piano sia il confronto ideologico tra fascisti e comunisti sia la guerra contro l'invasore italiano. Molti di quei serbi sotto il mio comando avevano perso parenti e amici nei sanguinosi massacri compiuti dagli ustascia croati nell'estate del '41, e la loro voglia di vendetta, di sangue cattolico, era difficile da contenere.

Liquidare quella banda di drusi era necessario, ma non volevo che il mio nome fosse associato all'ennesimo massacro di donne, vecchi e bambini, com'era accaduto a molti altri ufficiali italiani distaccati presso i četnici. Per contrastare i partigiani di Tito, il comandante della II Armata generale Roatta, facendo appello a tutte le sue doti diplomatiche, era riuscito a stringere un'alleanza militare tra le forze di occupazione italiane, i nazionalisti croati e quelli serbi; ma bastava un incidente per far saltare tutto e riaccendere la feroce guerra tra i due gruppi etnici che popolavano quella parte di Balcani.

Convocai i capifamiglia serbi per coordinare l'assalto. Le milizie četniche erano infatti formate dai maschi adulti dello stesso villaggio o di villaggi vicini, e la loro primitiva struttura gerarchica riprendeva quella familiare.

La conoscenza del serbo-croato e la reputazione di cui godevo agevolavano il mio ruolo di comandante. I serbi rispettavano e seguivano solo gli ufficiali che si dimostravano valorosi e capaci sul campo di battaglia. Inoltre avevo un ottimo rapporto personale con il capo četnico più autorevole della Dalmazia, il pope Momčilo Đujić; questo fatto, risaputo da tutti, mi aiutava a frenare l'irruenza dei guerrieri sotto il mio comando.

Sette colossi barbuti si accoccolarono intorno a me, in mezzo alla radura rischiarata dalla luna. Erano simili tra loro, nell'aspetto fisico, negli indumenti, nel modo di fare; e sembravano provenire da un'altra epoca, un'epoca selvaggia e lontana. Le barbe lunghe e folte celavano forti mandibole e scoprivano larghi zigomi. Sul capo la bustina dell'ex esercito jugoslavo con il fregio dell'aquila o del teschio. I possenti toraci avvolti da giubbe militari o lunghi giacconi di pecora incrociati da due cartuccere piene di bossoli scintillanti. Alla cintola bombe, pugnali e pistole della foggia più strana, che parevano pendagli. Fra le mani, col calcio a terra, moschetti italiani modello 91.

Illustrai il piano di attacco a quelle sette facce leonine e feroci che sorridevano soddisfatte, a bocca larga, fra il paterno e l'infantile. Le sentinelle ai margini del villaggio dovevano essere eliminate coi pugnali, senza dare l'allarme. Il fattore sorpresa era fondamentale per il successo dell'attacco. Metà della milizia, al comando del sergente maggiore Covacich, avrebbe attaccato i drusi in chiesa e al cimitero; l'altra metà, al mio comando, avrebbe ripulito il villaggio, casa per casa. Feci poi appello al loro onore di guerrieri valorosi, che uccidono senza pietà il nemico, ma risparmiano i civili disarmati, soprattutto donne e bambini. I četnici ciondolarono le teste barbute in segno di assenso e sussurrarono il loro motto patriottico: «per il popolo, il re, la patria».

Alte lingue di fuoco avvolsero la chiesa e illuminarono a giorno le viuzze in terra battuta del villaggio.

Nei miei piani il rastrellamento avrebbe dovuto essere facile e pulito: sfondare le porte, individuare i drusi e freddarli ancora a letto, intorpiditi dal sonno. Ma la realtà si presentò subito diversa.

Il frastuono della battaglia intorno alla chiesa, dov'era asserragliato il grosso della banda, allertò i partigiani ospitati nelle case; questi ultimi, invece di scappare dalle finestre per raggiungere la foresta, ci aspettarono nascosti tra la mobilia, pronti a difendersi, con la complicità dei contadini. Gli abitanti cattolici del villaggio, infatti, temendo le rappresaglie dei serbi non meno di quelle dei comunisti, si erano schierati a fianco dei drusi e combatterono accanitamente contro di noi, con tutto quello che avevano, fino alla morte.

Ben presto mi resi conto che non ci potevamo fidare di nessuno, donne e bambini compresi. Non avevamo scelta. O noi o loro. Sfondavamo le porte a calci e mitragliavamo su tutto ciò che si muoveva o, più semplicemente, lanciavamo dentro le granate. Era necessario, era ovvio, era la guerra, quella sporca e feroce guerra dei Balcani dove dietro ogni civile si celava un potenziale nemico.

I comunisti non si facevano remore a gettare nella mischia i civili, anzi il loro pieno coinvolgimento nella resistenza era un caposaldo della strategia partigiana, e chi non collaborava attivamente era considerato un nemico del popolo e trucidato.

Noi per non soccombere dovevamo essere spietati come loro, più di loro. La compassione, la debolezza, il rimorso erano banditi; avrebbe vinto solo la parte più decisa, spietata e animata da volontà di vittoria a ogni costo.

Fu un massacro, a caldo, non voluto, non premeditato, ma pur sempre un massacro.

Avanzavo alla testa di una decina di četnici, con il mitra al fianco, la schiena schiacciata ai muri delle case. I proiettili mi fischiavano intorno, rimbalzavano sul muro, si conficcavano nella terra. Il serbo dietro di me stramazzò al suolo con lo stomaco perforato, tra atroci mugolii.

Il colpo era partito da una finestra dall'altra parte della via. Feci cenno agli altri di ripulire la casa. Era in pietra, solida, a due piani. Non potevamo usare le granate perché le finestre erano serrate da pesanti scuri.

Due četnici si lanciarono contro la porta e la sfondarono con un gran frastuono, mentre io e un altro ci lanciammo dentro spazzando coi mitra l'interno buio e caldo. Da un angolo partiva una scala a pioli verso il secondo piano. Feci cenno al serbo entrato con me di occuparsene. Quello si arrampicò come una scimmia e lanciò una granata.

Un boato assordante.

I muri tremarono e la grande stanza del pianoterra si riempì di una densa coltre di fumo e di polvere di detriti. Mi ritrovai a terra, ricoperto di calcinacci e stordito. Il solaio del piano terra, nonostante i grossi squarci fumanti che lasciavano trasparire fette di cielo stellato, aveva retto l'urto dell'esplosione e il peso dei detriti del tetto, completamente crollato. Ringraziai Dio e maledissi l'imbecille che aveva usato la granata.

D'improvviso una voce femminile, che sembrava provenire dall'oltretomba, invocò aiuto. Mi voltai e, tra la nube di polvere sollevata dall'esplosione, appena rischiarato dai bagliori che provenivano dall'esterno, scorsi un indistinto ammasso umano con un braccio teso verso di me. Ancora a terra, allungai le mani per cercare il mitra. Invano. Allora estrassi la Beretta dalla fondina e con decisa freddezza la scaricai sulla voce.

Quando la battaglia infuria i feriti, civili o militari che siano, sono i nemici più infidi, e aiutarli equivale a un suicidio: nove volte su dieci ti ammazzano nell'attimo in cui ti pieghi sopra di loro per dare soccorso. Ci si può fidare solo dei morti. È una delle regole basilari della controguerriglia.

Nel frattempo altri četnici erano entrati nella casa e subito aiutarono me e l'imbecille della granata a rimetterci in piedi. Uno di loro aveva un lumino a olio, trovato chi sa dove, e prima di uscire, quasi per caso, gettai uno sguardo alla voce su cui avevo sparato.

Due volti straziati, con gli occhi sbarrati e la bocca aperta in un ultimo grido, mi fissavano. Una donna giovane e un bambino di quattro, cinque anni. Madre e figlio, abbracciati. Mi bloccai, impietrito. Non riuscivo a distogliere lo sguardo, sembrava mi volessero dire qualcosa, ma dai loro volti deformati dalle pallottole non uscivano suoni.

Il četnico che aveva il lume colse il mio disagio, così si chinò e con gesti delicati chiuse le palpebre e la bocca dei due cadaveri: "Gli occhi dei morti sono finestre aperte nelle tenebre, non bisogna guardarli, è di cattivo presagio" disse con gravità.

Il miagolio stridente di una mitragliatrice mi riportò alla realtà della battaglia.

Sorrisi e battei una mano sulla spalla del četnico.

"Andiamo a finire il lavoro!" affermai risoluto, più per me che per lui.

Non erano i primi civili che uccidevo e sapevo che non sarebbero stati gli ultimi. Era la guerra e io facevo solo il mio dovere di soldato per l'Italia, per la patria. La mia coscienza era a posto, non avevo rimorsi, non li potevo avere. Forse un domani, ma non certo ora nell'infuriare della battaglia: non c'era tempo né modo per provare qualcosa; avevo una missione da compiere e nemici da uccidere, quella era l'unica cosa che contava.

Capitolo 11

Occupazione militare jugoslava per
il Litorale sloveno, l'Istria e Fiume - Zona B
Selva di Tarnova

1946, 12 novembre, 6:57

"Ganz, Ganz!"

L'immagine della donna dal cranio squarciato, il volto cereo e gli occhi sbarrati e iniettati di sangue, sbiadì per assumere la fisionomia di Jana.

La ragazza era sopra di lui e lo stava scuotendo.

"Un incubo, solo un incubo" farfugliò Ganz, ancora scosso.

"Doveva essere brutto, urlavi e ti dimenavi come un ossesso."

"Sempre lo stesso… mi tormenta tutte le notti."

"Di che si tratta?"

Ganz allungò la mano verso la giacca. "Ho bisogno di fumare."

"Sei un drogato" sorrise Jana.

Quello si sollevò su un gomito, accese una sigaretta e aspirò con forza lasciando che il fumo uscisse lentamente dalle narici. I lineamenti del volto si distesero in una smorfia di piacere.

Jana osservò l'uomo che aveva di fronte. La coperta era caduta di lato e il suo corpo nudo si stagliava nella penombra appena abbozzata da un lumino a olio di fianco al giaciglio. Non era alto, aveva un fisico asciutto e nervoso che dava impressione di forza e cattiveria.

"Sto vagando in mezzo alla foresta, di notte" iniziò a raccontare Ganz, con gli occhi fissi sul serpente azzurrognolo che si dipanava dalla sigaretta tra le sue mani. "Arrivo a una radura rischiarata dalla luna e mi fermo nel mezzo. Da sottoterra, tra le foglie morte, spuntano donne e bambini orrendamente dilaniati. Mi vengono incontro e dalle loro bocche stravolte escono lamenti strazianti. Poi, con le loro mani scheletriche e gelide cercano di toccarmi e mi sussurrano: «perché? perché?». Io cerco di divincolarmi e scappare, ma i miei piedi sono come incollati al terreno. Guardo in basso e vedo che due mani uscite da terra mi serrano le caviglie. Un dolore improvviso al petto. Alzo lo sguardo. Un bambino in braccio a una donna ha immerso le sue piccole e fredde dita nel mio torace e mi sta strappando il cuore, mentre la donna, col cranio squarciato, mi fissa con occhi sbarrati e iniettati di sangue."

"La guerra ha segnato la vita di molti."

Ganz non rispose. Pensieroso continuò a fumare la sigaretta. Quindi si volse verso la ragazza e le sorrise. Era la prima volta che raccontava a qualcuno il suo incubo.

Jana contraccambiò il sorriso e gettò uno sguardo fuori dalla finestra.

Stava per albeggiare.

Si erano fatti un giaciglio di fronte alla stufa con la paglia e vecchie coperte trovate in casa. Dopo aver mangiato e fatto più volte sesso, erano riusciti a riposare per tutta la notte. Tra poco avrebbero lasciato il villaggio per raggiungere il bunker e portare a termine la missione.

Il volto disteso di Jana si corrucciò. Era dispiaciuta, avrebbe voluto che quello stato di beatitudine e sicurezza fosse durato all'infinito: loro due soli in quel villaggio sperduto di fronte al tepore della stufa, con buon cibo in abbondanza… ma il dovere la chiamava. Sebbene fossero rimasti in due, braccati da centinaia di soldati nemici, neanche per un istante Jana aveva seriamente considerato di rinunciare alla missione.

Ganz le prese il volto tra le sue mani dure e la baciò, per poi carezzarle dolcemente la testa.

"Tre anni…" disse Ganz.

Jana lo guardò incuriosita.

"… che non rimango nel letto e parlo con una donna dopo averci fatto l'amore. In guerra non è possibile. Pensavo che non mi sarebbe più capitato." Così dicendo passò in rapida rassegna i numerosi incontri sessuali avuti negli ultimi tre anni: furtivi, brutali, anonimi e talvolta anche amari, per quel senso di vuoto e di rimorso che lasciavano.

La ragazza scoppiò a ridere. "Non fare il sentimentale, non è il momento. E poi anche di me non sai niente."

"È vero. Per esempio non so perché una bella ragazza come te è diventata un agente degli americani, così determinata. L'altra sera a Gorizia, quando Lazzi ti interrogava, hai detto di odiare Tito, ma non hai chiarito cosa ti spinge a mettere in pericolo la tua vita per combattere i comunisti e in fondo tradire il tuo popolo."

Jana sospirò e chiuse gli occhi.

"Mio fratello Petar era uno dei padalci. Nella primavera del '40 venne arruolato dall'esercito italiano per combattere in Africa. Laggiù fu preso prigioniero quasi subito. Gli inglesi gli proposero di combattere per il suo popolo contro i fascisti. Lui è sempre stato un patriota sloveno, odiava gli italiani, e accettò volentieri. La mia famiglia è originaria di Gorizia, mio padre era ferroviere; ma dopo la grande guerra, come molti altri sloveni, fu licenziato. La casa dove abitavamo era delle Ferrovie e venimmo cacciati anche di là. Cademmo in povertà e ci trasferimmo a Postumia, ospiti di parenti. Fu un'infanzia difficile, soprattutto per mio fratello. Petar, insieme ad altri volontari italosloveni prelevati dai campi di prigionia alleati, fu ingaggiato dal SOE e addestrato per essere lanciato nella Slovenia occupata. Il compito dei padalci era di assistere gli ufficiali di collegamento inglesi e aiutare i partigiani nella guerra di liberazione nazionale. Petar fu lanciato con una missione nei primi mesi del '43, nell'alta valle dell'Isonzo. Dopo pochi mesi di permanenza a fianco dei partigiani del IX Corpus, chiese e ottenne di potersi unire all'Armata jugoslava. Lui era sloveno e voleva combattere con il suo popolo. Gli inglesi non fecero obiezioni. Per due anni ha addestrato i partigiani all'uso delle radiotrasmittenti e delle armi, e più volte li ha guidati in azioni di sabotaggio contro le forze di occupazione. Fu promosso tenente e ottenne anche la tessera del partito comunista. L'unica volta che riuscì a passare da casa, mi raccontò di essere stimato e apprezzato dai superiori e dai compagni. Era entusiasta della guerra di liberazione ed era diventato anche un fervente comunista. Anch'io avevo seguito le sue orme e, grazie alla conoscenza delle lingue, mi avevano preso come interprete al comando del IX Corpus. Furono anni difficili. In mezzo alle montagne, braccati dai nazisti, la fame, il freddo. Ma eravamo felici, orgogliosi di combattere per una giusta causa, e le terribili privazioni cui eravamo sottoposti non ci pesavano."

Ganz, intento a fumare la sua sigaretta, non disse niente e dopo un po' Jana continuò. "Nell'agosto del '45, pochi mesi dopo la fine della guerra e l'agognata vittoria, il mondo ci crollò addosso. Improvvisamente, senza motivo. L'OZNA convocò Petar a Lubiana per un interrogatorio. Me lo riferirono i suoi commilitoni. Da quel momento di lui non si è saputo più niente. È sparito. Anch'io ho rischiato di fare la sua fine, ma un colonnello del comando mi aveva preso in simpatia e si limitarono a licenziarmi. I mesi successivi li ho passati a consolare i miei genitori e bussare a tutte le porte dei nuovi padroni della Jugoslavia per ottenere informazioni su mio fratello. Molti li avevo conosciuti personalmente durante la guerra. Nessuno mi ha aiutato. Tutti sono terrorizzati dall'OZNA e hanno paura di compromettersi. Nessuno si sente al sicuro. Un maggiore dell'OZNA, con la promessa di rintracciare mio fratello, ha pure approfittato di me."

Jana non riuscì a proseguire e lacrime silenziose le rigarono le gote.

Ganz le asciugò con le sue mani.

"Io e i miei genitori eravamo disperati" proseguì Jana. "Nessuno ci dava spiegazioni. Non sapevamo dove l'avevano portato e per quale ragione. La voce della sparizione si diffuse e intorno a noi si creò il vuoto. Parenti, vicini e amici ci tolsero la parola. Temevano di fare la stessa fine. Eravamo nemici del popolo, di fatto come appestati. Alla fine mi decisi a prendere contatto con gli inglesi. Dopotutto mio fratello aveva lavorato per loro. Un ufficiale del SOE mi confidò che il destino di Petar e di tutti gli altri padalci era stato deciso a Belgrado, dai vertici del partito. In preda a folli paranoie e contro ogni evidenza, si erano convinti che fossero spie dell'Inghilterra. Così ordinarono all'OZNA di liquidarli. I miei genitori non si sono più ripresi da quella notizia e sono morti nel giro di pochi mesi. Sapendo dei miei trascorsi e dei miei contatti a Lubiana, il SOE mi propose di collaborare con loro. Io ero accecata dall'odio e accettai."

"La vendetta" sospirò Ganz.

"Sì, la vendetta!" disse Jana con il volto contratto, gli occhi che le scintillavano e i pugni stretti. "Tutto pur di vedere sprofondare questi maledetti mostri che stanno portando alla rovina il mio popolo. Fame, terrore, sopraffazione e disperazione. Ecco cosa ci hanno portato Tito e la sua cricca."

Pentita dello sfogo, distolse lo sguardo e respirò profondamente, per poi riprendere con voce controllata. "Dal SOE sono poi passata agli americani, che hanno preso le redini della lotta al comunismo. Ed eccomi qui, più determinata che mai."

"Così durante la guerra eri una drugarizza… eravamo su fronti opposti. Avrei potuto ucciderti."

Jana lo guardò incuriosita. "Avevo intuito che eri stato un fascista."

Ganz esitò.

"Ero un ufficiale del Regio Esercito. Nel febbraio del '42, dopo un anno di campagna in Libia, venni trasferito sul fronte balcanico. Mi spedirono in un villaggio della costa dove il capitano, un calabrese di mezza età, un tipo assurdo, aveva concordato un armistizio separato coi partigiani del posto. Loro potevano fare quello che volevano, bastava che lo facessero fuori dal territorio di sua competenza; e lui li lasciava in pace. Nello stravaccamento e nell'indisciplina più totali, i soldati avevano gettato elmo e fucile. Si erano accasati nel villaggio, accompagnati con le donne del posto, dati al contrabbando. Dopo una settimana in quel presidio decisi di arruolarmi negli arditi, i reparti speciali antiguerriglia. Ho combattuto voi partigiani comunisti un po' dappertutto, Slovenia, Dalmazia, Bosnia-Erzegovina, Montenegro."

Ganz fece una lunga pausa. Spense la sigaretta sul pavimento e si distese intrecciando le dita dietro la testa. Poi proseguì. "Con la capitolazione dell'8 settembre e l'ignobile fuga del re e dei generali, l'esercito italiano si è dissolto anche nei Balcani. Gran parte dei militari stanziati in Italia e Francia è riuscita a tornare a casa. Noi, dall'altra parte dell'Adriatico, siamo rimasti tagliati fuori, in balia della vendetta slava e tedesca. Ogni soldato ha agito secondo coscienza e convenienza. I più, demoralizzati e stanchi di combattere, si sono consegnati ai tedeschi come prigionieri e sono stati deportati nei campi di lavoro."

"Molti dei soldati italiani si sono uniti a noi partigiani! Potevi farlo anche tu…"

Ganz scoppiò in un riso amaro. "Opportunisti, imboscati e traditori, che non hanno mai creduto alla vittoria e hanno colto l'occasione per saltare sul carro del vincitore; salvo poi essere usati come carne da macello. Dopo aver trucidato la maggior parte degli ufficiali, Tito li mandava a combattere in prima linea scalzi e senza armi. Li ho visti coi miei occhi quei disgraziati…”

“Sempre meglio di mettersi coi nazisti!”

“La mia decisione di continuare la guerra a fianco della Germania era obbligata. Non potevo, di punto in bianco, dopo due anni di feroce guerriglia, rinnegare le mie convinzioni e combattere assieme ai drusi. Né ero disposto a marcire in un campo di prigionia. Il mio onore, la mia dignità di uomo e di soldato me lo hanno impedito. C'è modo e modo di perdere una guerra.”

In quel preciso momento Ganz realizzò di aver appena terminato il discorso più lungo che avesse fatto da tre anni a questa parte. Non era mai stato uno che si perdeva in chiacchere e la guerra aveva accentuato questa sua attitudine.

“E come sei finito da queste parti?” lo incalzò ancora Jana, per poi raccogliere i suoi abiti e guizzare fuori dal giaciglio.

Ganz non rispose subito, ammaliato dal corpo magnifico di quella donna, davanti a lui in tutto il suo splendore. “È una lunga storia. Mio padre era austriaco. Mi sono arruolato come volksdeutsche nelle Waffen SS.”

Jana si bloccò e sgranò gli occhi. “La divisione Karstjäger! Ora comprendo i tuoi incubi…”

“Tutti i soldati hanno incubi!” replicò Ganz.

“No, solo chi si vergogna di cosa ha fatto…”

"Tu non hai idea di cosa ho fatto, e comunque le Waffen SS non sono gli unici reparti ad aver ucciso civili innocenti. Lo hanno fatto tutti gli eserciti impiegati contro i partigiani. È una guerra sporca dove non si distingue tra civili e militari."

"I tuoi Karstjäger erano delle bestie sanguinarie, assassini e torturatori… e poi gli ebrei, da Norimberga arrivano notizie spaventose, li avete sterminati come cani, donne, bambini…"

"Io combattevo contro i partigiani e non ho mai torto un dito a un ebreo. Però so quello che succedeva nei lager, lo sapevano tutti!"

"Anche se non lo vuoi ammettere e cerchi di giustificare il tuo passato di soldato, nel tuo inconscio sei devastato dal senso di colpa. Più volte, ho avuto l'impressione che tu non dia nessuna importanza alla vita, neanche alla tua…"

"In guerra la vita vale zero, e un soldato che teme la morte è un soldato già morto."

"La morte, tu sembri cercarla quasi come una liberazione."

Violenti colpi di calcio di fucile sul portone tuonarono nella casa facendo sobbalzare i due amanti.

Jana si precipitò alla finestrella che dava proprio sul davanti della casa e scostò le tendine. Tre soldati titini erano alla porta coi fucili in mano.

Erano stati previdenti. La sera precedente avevano ripulito dal sangue le divise militari jugoslave e nascosto in un piccolo ripostiglio i cadaveri dei due vecchi. Così in due minuti finirono di vestirsi, si infilarono gli scarponi chiodati e aprirono il portone.

"Che ci fate voi qui?" domandò il giovane sergente, manifestando tutto il suo stupore.

"Come ti permetti di rivolgerti così a un ufficiale dell'UDBA?" esordì Jana, che portava una divisa coi gradi da sottotenente. La ragazza sapeva quanto era temuta la polizia politica, come sapeva che i membri dell'UDBA indossavano l'uniforme dell'Armata senza particolari segni distintivi rispetto alle truppe regolari.

"Scusami, compagno sottotenente, ma…"

Jana tirò fuori un taccuino dalla giacca. "Nome e grado."

I tre soldati abbassarono i fucili, si misero sugli attenti e iniziarono a sgranare le loro generalità.

Mentre Jana segnava tutto meticolosamente sul taccuino, Ganz, parzialmente nascosto dalla ragazza, aveva impugnato la feldspaten.

"Compagno sottotenente, noi stavamo solo…"

Il sergente non riuscì a terminare la frase. Un violento affondo al ventre lo fece piegare in due sulle ginocchia.

Ganz balzò poi in mezzo agli altri due soldati e li atterrò con precisi e rapidi colpi al volto, inferti con la punta e il manico della feldspaten.

Trascinarono i tre slavi all'interno.

Ganz, mentre finiva i due soldati semplici con il fil di ferro, ordinò a Jana di gettare un secchio d'acqua sul sergente per farlo rinvenire. Avevano bisogno di informazioni.

Il sergente, un montenegrino di Cettigne, era terrorizzato e col pugnale di Ganz puntato alla gola rispose con solerzia a tutte le loro domande.

"Il gran numero di soldati presenti può trasformarsi in un vantaggio per noi" disse Ganz mentre puliva il pugnale sulla giacca del sergente riverso a terra con la gola tagliata.

Jana osservava stralunata la pozza di sangue scuro che dopo aver raggiunto gli scarponi di Ganz si spandeva inarrestabile verso di lei.

"I reparti impiegati in zona hanno diversa provenienza e i soldati non si conoscono tra loro" proseguì Ganz. "Potremo intrufolarci più facilmente nel bunker."

"L'accesso al bunker sarà comunque sorvegliato e ci chiederanno i documenti, che noi non abbiamo" osservò Jana mentre arretrava per non sporcarsi le scarpe.

Ganz osservò i movimenti della ragazza e sorrise. "Le drugarizze che ho conosciuto io, il sangue dei nemici lo usavano a colazione per inzupparci il pane…"

"Io lavoravo al comando, in ufficio… e non ho mai ucciso nessuno, soprattutto senza motivo. Ho visto più morti ammazzati in queste poche ore con te che durante la guerra."

"In guerra non ci sono mezze misure, la clemenza e la pietà ti uccidono."

"Qual è il piano?" domandò spazientita Jana.

Ganz la guardò con aria interrogativa.

"Sei tu l'esperto" proseguì con sarcasmo Jana. "Come intendi superare i controlli ed entrare nel bunker? E soprattutto come riusciremo a eliminare i dirigenti del PCI senza lasciarci la pelle? Noi siamo solo in due e ad aspettarli fuori dal bunker ci saranno centinaia di soldati…"

"Non ne ho la minima idea" rispose Ganz senza scomporsi.

Jana lo fulminò con gli occhi.

"Purtroppo quello sfigato che abbiamo interrogato non aveva informazioni precise sul bunker e così non sappiamo niente. Quando ci arriveremo troveremo il modo di entrare, portare a termine la missione e, magari, uscirne vivi."

Così dicendo Ganz buttò sul tavolo il suo zaino tattico e ne ricontrollò il contenuto: dieci bombe a mano, sei pacchetti di esplosivo plastico, quattro ricariche per il MAB 38, due pugnali, una Beretta, due torce elettriche, la borraccia, qualche scatoletta di carne in scatola, un pacchetto di pronto intervento e un tubetto rosso blu di Pervitin. Afferrò il tubetto di compresse e se lo infilò nel taschino.

Le schermaglie preliminari erano finite. Ganz sapeva che dal preciso istante in cui sarebbero usciti da quella casa il gioco si sarebbe fatto serio. E sapeva anche che per le prossime quarantotto ore lui doveva essere al top della forma, una macchina da guerra. Massima concentrazione. Riflessi pronti. Resistenza fisica. Fiducia incrollabile. Niente sonno. Niente fame. Niente stanchezza. Niente bisogni corporali. Niente cedimenti. Niente paura. Niente rimorsi. Per questo, per diventare un super soldato, l'esperienza, l'addestramento, la capacità, la forza d'animo non bastavano. Occorrevano due compresse di Pervitin ogni dodici ore.

Richiuse lo zaino, vi agganciò la feldspaten e se lo buttò sulle spalle. Quindi imbracciò il fucile mitragliatore, si accese una sigaretta e aprì la porta.

"Andiamo sottotenente… il dovere ci chiama."

Capitolo 12

*Governo militare alleato
della Venezia Giulia - Zona A
Città di Gorizia*

1946, 12 novembre, 11.21

La jeep inchiodò di fronte al Palazzo delle Corporazioni, sede del comando dei Blue Devils, l'88ª divisione di fanteria dell'Esercito americano di stanza a Gorizia.

Angleton salutò i poliziotti militari di guardia e senza dare loro tempo di reagire si inoltrò nel palazzo dalle forme slanciate e classicheggianti, in perfetto stile fascista. I soldati risposero al saluto di quello sconosciuto ufficiale e incuriositi lo seguirono con lo sguardo, non sapendo bene cosa fare. Non lo avevano mai visto prima, ma indossava la divisa da maggiore dell'Us Army ed era sceso dalla jeep che faceva il servizio di collegamento con l'aeroporto militare di Merna, pochi chilometri a sud di Gorizia.

"Dov'è il generale Moore?" chiese brusco Angleton a uno scritturale che gli veniva incontro sbadigliando.

"Nella sua residenza privata, a villa Perco… ma,
mi consenta, signor maggiore, lei chi è?"

"Vengo da Roma. Ho bisogno di parlare subito
con il generale. Una questione della massima urgenza!"

"Capisco, signor maggiore, ma il generale pranza
a casa e rientra al comando verso le due pomeri-
diane, raramente arriva prima…"

"Caporale, forse non mi sono spiegato bene.
Sarò più chiaro. Chiami subito il generale o la farò
deferire alla corte marziale!"

Lo scritturale sbiancò, si mise sugli attenti, salutò
e sparì dietro una porta.

Angleton si guardò attorno e poco distante
adocchiò un altro soldato del comando di divisione
che faceva timidamente capolino da un ufficio atti-
guo alla sala d'ingresso. Gli fece cenno di raggiungerlo.

"Soldato, non so quanto dovrò aspettare il tuo
comandante, è da stanotte che sono in viaggio e
non ho ancora fatto colazione…"

"Capisco signor maggiore. Le faccio subito portare un sandwich e una tazza di caffè."

"No, lasci stare il sandwich e il caffè. Mi porti
piuttosto qualcosa da bere, di forte. Non so se mi
intende…"

"Signor sì. Dovremmo avere qualche bottiglia di
whisky."

"Bravo, ci siamo capiti. Mi serve la giusta carica per portare avanti la giornata che, ahimè, prevedo lunga e faticosa."

Appena il soldato sparì lungo il corridoio, Angleton si lasciò cadere su una poltroncina dell'atrio. Era ancora indolenzito per il viaggio in aereo e aveva l'uniforme tutta bagnata. Infilò le mani nella tasca della giacca e rilesse per l'ennesima volta il messaggio del capitano Lazzi che gli era stato recapitato il giorno precedente. Quindi piegò il foglio e rimuginò tra sé, facendo il punto della situazione.

Primo. Gli jugoslavi sapevano tutto della missione. L'esistenza di una talpa nella sezione italiana dell'Ufficio operazioni speciali era ormai un dato di fatto. Si chiese se Ganz avesse scoperto qualcosa. Secondo. La decisione di Lazzi e degli altri di proseguire l'operazione in territorio nemico, senza effetto sorpresa e con una talpa all'interno, era ammirevole, eroica, di fatto suicida. Ma quegli uomini sapevano il fatto loro, e poi l'informatrice slovena che si era unita al commando era un ottimo elemento, motivato e capace. Grazie a lei aveva ricevuto tutte quelle dritte sulle trame degli jugoslavi. Il suo ingaggio era stato uno dei colpi migliori del dopoguerra per la sezione italiana dei servizi. Tre. Nella lettera si faceva riferimento a una base militare jugoslava nella selva di Tarnova. Si era informato della questione e gli avevano detto che la foresta era disseminata di grotte carsiche e alcune tra le più ampie erano state trasformate in bunker dagli austriaci durante la prima guerra. Avere informazioni precise su questa base jugoslava a ridosso del confine – localizzazione, dimensioni, armamento – era molto importante per capire le intenzioni di Tito. Era la prima volta che ne sentiva parlare. Sperava ardentemente che il commando riuscisse, se non ad eliminare i dirigenti del PCI, almeno a raggiungere il bunker e carpire quante più informazioni possibili. Quattro. Aveva indugiato a lungo prima di recarsi di persona a Gorizia. Coinvolgere in quell'operazione segreta le truppe regolari di presidio alla Zona A presentava rischi elevatissimi e di ogni genere, ma era l'unico modo per dare una mano a Lazzi e agli altri, se si fossero trovati nei guai. Cosa assai probabile. Aveva deciso di testa propria, senza chiedere l'autorizzazione ai suoi superiori. Sarebbe stato tempo sprecato. I servizi di intelligence, dopo l'avventata soppressione dell'OSS, erano in piena transizione, per non dire nel caos più totale; e l'attuale capo, il generale Vandenberg, contava quanto il due di picche. Dunque, per ottenere la collaborazione del comandante militare della zona, tutt'altro che scontata, avrebbe dovuto attingere a tutte le sue doti di imbonitore, al limite anche bleffare e mentire spudoratamente. La sua carriera era appesa a un filo.

Intorno a mezzogiorno il generale Bryant Moore entrò nella sede del comando seguito da vari attendenti.

Si rivolse a un soldato che dopo un breve scambio di battute gli indicò Angleton accasciato su una poltroncina di finta pelle nell'atrio del palazzo.

Il generale puntò dritto verso di lui.

"Spero abbia delle buone ragioni per questa improvvisata, maggiore…"

"Maggiore James Angleton, signor generale" disse quello, scattando in piedi sugli attenti.

Il generale ebbe un attimo di esitazione. Benché non lo avesse mai incontrato prima, conosceva il nome del maggiore e il suo incarico nell'amministrazione militare.

"Signor generale" proseguì Angleton, "devo parlarle di una questione di sicurezza nazionale della massima urgenza."

"Andiamo nel mio ufficio" disse asciutto l'altro, inforcando la scalinata che portava al piano superiore.

"Ricapitoliamo" affermò corrucciato il generale Moore. "Lei mi sta dicendo che un commando organizzato dai nostri servizi di intelligence, a mia totale insaputa, avrebbe dovuto intercettare ed eliminare a Gorizia tre dirigenti comunisti italiani diretti a un incontro con gli jugoslavi; tuttavia, poiché l'UDBA ha smascherato l'operazione, il commando si è introdotto nella Zona B per colpire i dirigenti comunisti direttamente nel luogo dell'incontro con gli jugoslavi, ovvero un bunker segreto nella foresta di Tarnova."

"Sì, in estrema sintesi…"

"Ora mi spiego i due cadaveri di civili trovati vicino al Parco della Rimembranza e gli scontri dell'altra notte in piazza Sant'Antonio. Lo sa, maggiore, che ho perso quattro uomini a causa dei vostri giochetti?"

"Non sono giochetti, signor generale" replicò Angleton fissandolo dritto negli occhi. "L'operazione, nome in codice Red Shield, ha la massima rilevanza strategica e ha avuto l'ok dello Stato Maggiore e dell'Amministrazione. Sono in ballo il futuro dell'Italia e la nostra sicurezza nazionale"

"A Roma e a Washington scordano che qui la situazione è a dir poco complicata. Siamo sopra una polveriera e basta un niente per far esplodere una guerra civile o un conflitto regionale con la Jugoslavia. Ogni giorno io e i miei uomini dobbiamo districarci tra le rivendicazioni degli italiani e le provocazioni degli slavi, senza contare le bizze dei nostri alleati inglesi che come sa hanno il comando della Zona A."

"Non è un caso che abbiano assegnato a lei il comando del nostro contingente. Le sue doti diplomatiche sono ben conosciute, non meno di quelle militari." Angleton aveva studiato il fascicolo del generale, sapeva chi aveva di fronte e come prenderlo.

Il generale accolse l'adulazione con un sorrisetto stirato. "Maggiore, cosa vuole da me? perché è venuto a raccontarmi della sua operazione segreta?"

"Generale Moore, questa mattina sono atterrato all'aeroporto di Merna e ho visto che dispone di sei biposto L-5 Stinson per il pattugliamento aereo. Le chiedo di allertare i suoi piloti per le prossime quarantotto ore concentrando l'attività di osservazione sulla linea di confine a nord di Gorizia."

"Non ne vedo la ragione e poi l'attività sarebbe molto rischiosa. Gli slavi hanno preso ai tedeschi e agli italiani vari pezzi di contraerea e non chiedono il permesso prima di sparare. Saprà di sicuro dei nostri due Dakota abbattuti quest'estate…"

"Ho poi bisogno di un contingente di un centinaio dei suoi uomini migliori da dislocare sulla linea Morgan in prossimità della foresta di Tarnova, pronto a intervenire in caso di necessità."

Il generale spalancò gli occhi e scoppiò in una fragorosa risata. "Ma lei è pazzo! Mi sta chiedendo di violare la linea Morgan e invadere la zona sotto amministrazione militare jugoslava?"

Angleton rimase impassibile, la voce calma e impersonale. "No, semplicemente di prevenire e contenere eventuali sconfinamenti slavi. Dopotutto la linea di demarcazione è provvisoria, irregolare, non sempre ben segnalata, soprattutto nelle zone montane… e se dei nostri soldati dovessero, per errore e del tutto in buona fede, sconfinare e respingere qualche provocazione slava, la questione verrebbe liquidata come un semplice incidente di confine. Ho saputo che i soldati di Tito sconfinano spesso e non disdegnano di prendere a fucilate le nostre pattuglie isolate."

"Lei è ben informato. Nell'ultimo anno durante l'attività di pattugliamento, tra morti e feriti, ho perso vari uomini. I miei sono imbufaliti e ho penato non poco per tenerli a freno."

"Io le sto offrendo su un piatto d'argento l'occasione di levarsi qualche sassolino dalla scarpa."

Moore si alzò dalla sedia della scrivania e iniziò a camminare per l'ufficio con le mani dietro la schiena.

Angleton l'osservò con attenzione: sulla cinquantina, aitante, di bell'aspetto, con due baffetti appena accennati sotto un naso importante; gli occhi azzurri, profondi, cordiali; un ufficiale superiore dai tratti eleganti e autorevoli, ammirato dalla truppa e stimato dai superiori. La lusinga di prima non era stata ipocrisia. Nella guerra appena terminata il generale aveva dimostrato grandi abilità strategiche e diplomatiche. Se non avesse combinato qualche cazzata, avrebbe raggiunto i vertici dell'Us Army.

"A Roma e a Washington sanno della sua visita a Gorizia? È stato approvato il coinvolgimento della mia divisione nella sua operazione?"

"Generale, l'operazione è segreta e, come lei potrà comprendere, molto delicata per le implicazioni internazionali, i rapporti con la Jugoslavia e gli altri paesi comunisti. Non c'è niente di scritto e l'Amministrazione, se ufficialmente tirata in ballo dagli slavi, negherà ogni nostro coinvolgimento. Daranno la colpa ai gruppi nazionalisti italiani. Io le chiedo solo di allertare i suoi uomini per difendere i confini della nostra zona di occupazione e reagire alle provocazioni jugoslave, non di scatenare la terza guerra mondiale."

Moore riprese a girellare corrucciato per l'ufficio sotto lo sguardo attento di Angleton, pronto a cogliere ogni minimo indizio sulle intenzioni del generale. Il recupero dei suoi uomini e la conseguente possibilità di avere preziose informazioni sulla base militare di Tarnova e sui piani di Tito dipendevano dalla decisione che avrebbe preso quell'uomo. Angleton aveva fatto leva sulla sicurezza nazionale, minacciata dai disegni jugoslavi, e sull'onore del corpo dei Blue Devils, umiliato dalle provocazioni titine; due argomenti che hanno sempre presa sui militari di carriera. Moore, però, non era un militare ottuso e sprovveduto. Aveva acume politico e avrebbe ponderato attentamente tutti gli interessi in gioco, non ultimo la propria carriera. Angleton sapeva anche di non poter forzare la mano più di tanto. Di fronte aveva pur sempre un generale a due stellette con saldi legami nell'Amministrazione democratica.

Quasi rassegnato distolse lo sguardo dal generale e fissò il cielo grigio e nebbioso incorniciato dalle finestre della stanza. Proprio in quell'istante una serie di sordi boati fece sobbalzare il pavimento e tremare i vetri delle finestre, come fosse stata una scossa di terremoto.

Angleton e Moore si guardarono tra l'incredulo e il preoccupato.

"Maggiore, mi segua!" ordinò brusco il generale.

Dal tetto del palazzo, nonostante la pioggia e il cielo plumbeo, si poteva scorgere un'immensa colonna di fumo nero che si alzava dai promontori a nordest, proprio in corrispondenza della selva di Tarnova.

Non ci fu bisogno di parlare.

Rientrarono immediatamente all'interno del palazzo e una volta nel suo ufficio il generale afferrò la cornetta del telefono. "Capitano Doll, metta tutte le truppe in stato di massima allerta. Raddoppi i presidi lungo la linea Morgan. Richiami il 350° reggimento da Tarcento e lo faccia accampare a Salcano. Il 752° battaglione carri e il plotone controcarri dovranno muovere da Cormòns all'aeroporto di Merna. Faccia mettere in volo tutti i ricognitori per localizzare l'esplosione e comunichi al tenente Gotmann di presentarsi subito da me." Attaccò il telefono e con un sorriso smagliante si rivolse ad Angleton. "Gotmann comanda i plotoni esploratori. Sono acquartierati a Capriva, poche miglia da qui. Veterani della campagna d'Italia che saranno rimpatriati tra poche settimane. Dieci giorni fa, durante un pattugliamento del confine, hanno perso un uomo e sono incazzati neri…"

Capitolo 13

*Occupazione militare jugoslava per
il Litorale, l'Istria, Fiume – Zona B
Selva di Tarnova, bunker Onda Rossa*

1946, 12 novembre, 9:28

"Voi due, dove andate? Non vi hanno avvertito che ho convocato tutti i graduati per un incontro?"

Il sottotenente e il sergente si misero sugli attenti.

Ganz si controllava a stento. Sudava freddo, le gambe tremavano. Evitò gli occhi del capitano Laković e fissò un punto lontano all'orizzonte, pregando che non lo riconoscesse. Era improbabile. I prigionieri del campo erano un migliaio, in continuo via vai, tra loro simili per gli stracci indossati e il taglio di capelli a zero, e poi quel bastardo entrava di rado dentro il recinto; ma poteva sempre accadere…

Jana rispose a tono, sfoggiando un sorriso accattivante. "Siamo appena rientrati dal rastrellamento nella foresta e stavamo recandoci a rapporto."

"C'è tempo per quello, sottotenente…"

"Radoslava Bisiach, compagno capitano."

"Bene, seguitemi nella sala riunioni del bunker, stavo appunto recandomi là per l'incontro. Dopo avrò il piacere di ricevere personalmente il suo rapporto."

"Ai suoi ordini, compagno capitano" sussurrò affabile Jana.

Ganz e Jana si accodarono al capitano Lakovič e nella sua scia entrarono nel bunker Onda Rossa superando agilmente tutti i controlli, senza dover mostrare i documenti, di cui erano privi.

Avevano raggiunto la base militare da circa un'ora, in cerca di luogo e momento adatti per portare a termine la loro missione.

Il quadro era apparso subito sconfortante.

I sentieri che attraverso la foresta portavano al bunker erano ben tre e non erano riusciti a scoprire quale sarebbe stato utilizzato dai dirigenti del PCI. Con estrema prudenza avevano agganciato alcuni soldati per carpire informazioni, ma non avevano cavato niente. Quindi non potevano sorprenderli con un'imboscata durante il tragitto di avvicinamento alla base, come inizialmente ipotizzato da Ganz.

Agire davanti al bunker, al momento dell'arrivo dei tre italiani, era un'opzione suicida a causa della massiccia presenza di soldati jugoslavi: di fronte all'ingresso era dislocata un'intera compagnia, con un continuo via vai di militari. Grazie alle divise che indossavano, sarebbero sicuramente riusciti ad avvicinarli e ucciderli, ma subito dopo sarebbero stati letteralmente fatti a pezzi dagli jugoslavi.

Introdursi nella base e colpire dall'interno poteva essere un'idea, ma i controlli per accedervi erano rigorosi e anche in quel caso avrebbero avuto il problema della fuga.

L'unica alternativa praticabile sembrava quella di aspettare la fine dell'incontro, seguire i tre del PCI e colpire al momento opportuno, confidando in una scorta poco numerosa e in una sosta della comitiva durante l'attraversamento della foresta.

L'inaspettato incontro con il capitano dell'UDBA sciolse il dilemma che attanagliava Ganz e Jana da quando erano arrivati al bunker. Il fascino femminile. Un'arma potentissima a cui pochi uomini resistono. Quello che di primo acchito sembrava un evento rovinoso si era trasformato in un'opportunità straordinaria, anche se estremamente rischiosa.

Ganz rimase sbalordito. Non si aspettava che da quella cavità anonima sommersa tra i faggi, come ce ne erano tante nel sottobosco carsico della foresta, si accedesse a una vasta e moderna base militare sotterranea. Per raggiungere la sala riunioni, nel cuore del bunker, percorsero un ramificato sistema di stanze, tunnel, botole e scale disposto su tre piani, che si inoltrava per centinaia di metri nel costone della montagna come un enorme formicaio di pietra e cemento armato. La base non era ancora terminata. In molte parti Ganz notò nugoli di ingegneri, elettricisti e operai al lavoro, tra cumuli di materiale edile ed elettrico. Sbarre e reti di ferro, balle di sabbia e cemento, cavi elettrici di ogni dimensione. I rossi stavano facendo sul serio con questo bunker, pensò Ganz; e né Washington né Roma avevano la minima idea delle dimensioni e delle potenzialità di questa struttura militare posta a ridosso della Cortina di ferro.

La sala riunioni era già piena di ufficiali e sottoufficiali dell'Armata jugoslava. Lakovič tagliò la folla con passo marziale e sguardo severo. Raggiunse una pedana al centro e vi salì sopra. I due intrusi si fermarono a pochi passi dall'ingresso, invischiati nella massa umana che si era subito serrata dietro il passaggio del capitano, come lo avesse inghiottito.

L'aria era pesante, impregnata di sudore e tabacco. A ridosso del soffitto stazionava una densa coltre di fumo che il sistema di aerazione non riusciva a dissolvere.

"Dobbiamo andarcene prima possibile" bisbigliò Ganz all'orecchio di Jana. "Non abbiamo molto tempo. Dobbiamo scoprire quando arriveranno i dirigenti del PCI e dove si terrà l'incontro all'interno del bunker per individuare il momento migliore per colpire."

Jana fece un sorriso forzato. "Quel tipo non mi leva gli occhi di dosso."

Ganz alzò lo sguardo e vide che Lakovič ammiccava a Jana mentre confabulava con un sergente che era salito al suo fianco sulla pedana.

Il sergente sghignazzò e volse lo sguardo dove il capitano gli indicava, strizzando gli occhi per focalizzare meglio e penetrare la coltre di nebbia fumosa che avvolgeva la stanza. "Uhm, no non la conosco… è la prima volta che la vedo, compagno capitano. Però quel tipo al suo fianco ha una faccia familiare. Mi ricorda qualcuno."

Ganz sbiancò non appena i suoi occhi incrociarono quelli porcini del sergente Bozo, il capo degli aguzzini del lager. Cercò di mantenere la calma e lentamente, molto lentamente, nel modo più naturale possibile, distolse lo sguardo. La bocca si era contratta, gli mancava l'aria e atroci fitte allo stomaco lo costrinsero quasi a piegarsi.

"Che ti succede?" domandò Jana aiutandolo a rimanere in piedi.

Ganz non riuscì a parlare e convogliò tutte le sue energie sulle gambe, affinché non cedessero.

Durante la prigionia aveva più volte avuto a che fare con Bozo che, a differenza di Lakovič, frequentava assiduamente il campo dirigendo personalmente e con grande godimento le punizioni e le torture ai detenuti.

Con l'aiuto della ragazza si rimise eretto.

Bozo era sempre al fianco del capitano e discorrevano tranquillamente sghignazzando. La loro attenzione era tutta su Jana. Pareva impossibile, ma il sergente non lo aveva riconosciuto.

Ganz si appoggiò a Jana, alzò il collo e lo torse all'indietro per carpire un po' d'aria pulita. La porta era rimasta aperta e qualcosa passava. Proprio in quel momento ricevette una gomitata al fianco destro.

Un tipo massiccio e basso si faceva largo tra spintoni e imprecazioni, seguito da una donna dalla coda ondeggiante in divisa da tenente. Ganz non riuscì a vedere il volto dei due slavi, ma ne seguì i movimenti, apprezzando il culo sodo della donna che modellava i pantaloni militari. I due, non senza fatica, raggiunsero il capitano. La donna salì sulla pedana e iniziò a parlare fitto fitto con Lakovič e Bozo, rimanendo sempre di schiena.

I volti dei due slavi, man mano che la donna parlava, divenivano sempre più tesi e angosciati.

"Sono stati ritrovati i cadaveri di tre nostri uomini nella foresta a sei chilometri dal bunker. Due sono senza abiti…"

Lakovič sgranò gli occhi ed emise un lamento come se qualcuno lo avesse accoltellato.

"I due terroristi scampati al nostro agguato si sono travestiti da soldati dell'Armata" proseguì Danica, "e potrebbero essersi mischiati ai nostri uomini approfittando del gran numero di reparti affluiti in questi giorni nella zona."

Il sergente Bozo trasalì. "Quel tipo al fianco della donna! Ora ricordo. Era un fascista italiano prigioniero del campo! Quello che è riuscito a scappare…"

Lakovič divenne paonazzo e, come fosse una spada, tese il braccio destro puntando l'indice verso Jana e Ganz.

"Fermate quei due impostori!" sbraitò fuori di sé dalla rabbia.

"Bastardo di un fascista, ora io e te faremo i conti" sussurrò Bozo alle orecchie di Ganz con feroce dolcezza, mentre lo spintonava in avanti lungo il tunnel. "Rimpiangerai di non esser rimasto a marcire nel campo di prigionia insieme agli altri."

Quindi afferrò i capelli di Jana, che procedeva a fianco di Ganz. La ragazza fu costretta a fermarsi e piegare la testa all'indietro. Bozo le strusciò il suo volto irsuto sul collo, mentre da sotto le passava un frustino tra le gambe. "E questa troietta ce la facciamo a turno, poi la diamo in pasto ai cani" sghignazzò cercando la complicità degli altri due soldati che li scortavano.

"Ma non subito!" disse ancora Bozo, spingendo in avanti Jana che, avendo le mani legate dietro la schiena, perse l'equilibrio e rovinò a terra. "Prima sarete interrogati dal Siberiano dell'NKVD, com'è toccato al vostro amico."

La comitiva a forza di spintoni e calci raggiunse l'ala del bunker dove si trovavano le prigioni, la parte più interna non ancora interessata dai lavori di ristrutturazione.

Bozo si fermò alla fine di un tunnel davanti a due soldati dell'Armata che presidiavano una porta di ferro bassa e massiccia, incastonata nella roccia e con un largo spioncino nel mezzo.

I due soldati riconobbero Bozo e si misero sugli attenti.

"È appena uscito il Siberiano" riferì il più anziano dei due. Con tale appellativo la guarnigione jugoslava aveva preso a indicare il tenente dell'NKVD al seguito del maggiore Antonov.

Le due guardie aprirono la porta tra sinistri cigolii, come fosse rimasta chiusa da anni, e dopo essersi gettati sulle spalle dei teli da tenda e aver impugnato un lumino a petrolio appeso all'ingresso, fecero strada nelle prigioni del bunker.

Jana e Ganz, sospinti da Bozo che stava sempre alle loro calcagna, si trovarono avvolti da un manto ghiacciato e tenebroso.

L'aria era pesante e impregnata d'acqua, l'oscurità appena scalfita dalla luce che filtrava alle loro spalle dalla porta e da quella, ancor più incerta, prodotta dai lumi a petrolio in mano alle due guardie che li precedevano.

Le pareti erano di roccia viva e il soffitto, basso e irregolare, piangeva rigagnoli d'acqua che formavano delle pozzanghere melmose sul pavimento ricoperto di sabbia mista a segatura. All'ingresso c'era il posto di guardia con due sedie e un tavolaccio sporco e imbarcato per l'umidità. Era chiaro che i carcerieri, causa l'insalubrità dell'ambiente, preferivano starsene fuori. Dal posto di guardia, tramite un'inferriata, si accedeva a uno stretto e basso corridoio su cui si affacciavano una decina di celle, tutte su un lato, chiuse da pesanti cancellate rugginose.

Bozo si fece dare le chiavi delle celle e spinse i due prigionieri lungo il corridoio. Jana e Ganz si dovettero chinare per procedere. Una delle guardie gli fece strada, mentre l'altra, colta da un attacco di tosse catarrosa, tornò fuori dove raggiunse i due soldati che li avevano scortati sin lì.

Le celle erano immerse nella più totale oscurità. Le gocce d'acqua rimbombavano ritmicamente sul pavimento acquitrinoso come le lancette di un orologio, lacerando il silenzio assoluto di quella cavità sotterranea.

La guardia si fermò di fronte alla terza cella e puntò il lume verso la grata. "Ehi, sporco fascista, hai compagnia! Due dei tuoi amici sono venuti a farti visita."

Il corpo raggomitolato in un angolo della cella, in mezzo a un palmo d'acqua sporca, rimase immobile.

"Il Siberiano deve averlo conciato per le feste" sogghignò Bozo. Così dicendo avvicinò il mazzo di chiavi alla luce, si fece indicare dalla guardia la chiave della cella e la introdusse nella serratura.

Prima ancora che la chiave girasse, la grata si mosse verso l'interno.

"Ma è già aperta!" esclamò Bozo.

In quel preciso istante un braccio spuntato dall'oscurità si materializzò alle spalle della guardia, si avvinghiò in una morsa micidiale attorno al suo collo e la trascinò a terra, mentre gli occhi roteavano e la bocca si torceva in cerca di aria.

Il lume cadde a terra in un angolo e, in parte coperto da una protuberanza del pavimento, proiettò sul cunicolo un fascio di luce obliquo dal basso verso l'alto, come in un dipinto di Caravaggio.

Bozo si lanciò in aiuto della guardia, ma Ganz fu più veloce e con un calcio di lato alle ginocchia lo fece cadere in avanti in mezzo al fango. Lo slavo cercò di rialzarsi, senza riuscirvi. Ganz gli rifilò altri due calci ai fianchi che gli tolsero il fiato, e lo inchiodò a terra con le ginocchia sul collo.

"Il capitano Lazzi!" disse Jana ancora incredula, "ma come hai fatto?"

"Non c'è tempo da perdere" rispose Lazzi mentre gettava la guardia priva di sensi in quella che era stata la sua cella, proprio sopra il groviglio di coperte affastellate che tutti avevano scambiato per il suo corpo martoriato.

Lazzi con il coltello trovato alla cinta della guardia recise le corde che legavano i polsi di Jana e Ganz e aiutò quest'ultimo a tirare su Bozo, ancora sofferente per i colpi ricevuti.

"Questo sacco di merda ci sarà utile" disse Ganz rifilandogli un pugno nello stomaco. "È il braccio destro di Lakovič, l'ufficiale responsabile per la sicurezza del bunker."

Lazzi annuì. "Dobbiamo liberarci dei soldati di guardia e agire subito, prima che ci scoprano."

I due soldati che li avevano scortati e l'altra guardia erano nel tunnel davanti alla prigione. La porta d'ingresso era socchiusa e li sentivano distintamente parlottare tra loro. Sotto la minaccia di un coltello alla gola ordinarono a Bozo di chiamarli dentro.

Non appena i tre slavi varcarono la porta, Ganz, con la pistola impugnata a due mani, li freddò con precisi colpi alla fronte, uno dietro l'altro, come birilli in un tiro al bersaglio di una fiera. Il rumore degli spari venne attutito dalle mastodontiche mura di pietra della caverna adibita a prigione; nessuno si sarebbe accorto di niente.

Gettarono i tre cadaveri nelle celle e Lazzi indossò l'uniforme meno imbrattata di sangue.

Erano tutti e tre in divisa dell'Armata e avevano armi in abbondanza per farsi strada. Lazzi e Jana presero i mitra Sten dei soldati uccisi e Ganz ritrovò all'ingresso della prigione il suo zaino tattico e il MAB 38. Dopo il loro arresto li aveva presi in custodia uno dei soldati che li aveva scortati sin là.

Lazzi aveva le idee chiare. Dopo aver accennato alla sua cattura, al tradimento di Conti e all'uccisione di Romita e Sveto, spiegò il suo piano. "Questo bunker diventerà una spina nel fianco delle difese italiane. Il punto di partenza per ogni tipo di azione offensiva degli slavo-comunisti contro l'Italia. E nessuno da noi ha la minima idea della sua esistenza. Non possiamo più limitarci ad eliminare i tre uomini del PCI. Dobbiamo mettere fuori uso questa base in modo definitivo. Gli Jugoslavi devono averci investito una fortuna e ci vorranno anni per riprendersi dalla botta."

"Sporche sanguisughe!" inveì Jana. "Il popolo muore di fame e loro gettono le poche risorse che hanno in questa roba!"

"Dobbiamo attenerci alla missione" obiettò Ganz. "Uccidere i tre comunisti e filarcela."

"Il bunker deve essere messo fuori uso" insistette Lazzi. "Lo dobbiamo fare per l'Italia. Gli stessi americani ci saranno grati."

Ganz s'incupì. "Io non ho più una patria e comunque ho già dato. Gli accordi con Angleton…"

Lazzi perse la pazienza e alzò la voce. "Basta, non c'è tempo da perdere. Il comando della missione è mio e tu fai quello che dico io."

Jana mise una mano sul braccio di Ganz. "Dobbiamo avere fiducia nel capitano."

"E poi i due obiettivi sono strettamente collegati" aggiunse Lazzi, consapevole che in quella situazione invocare la gerarchia militare aveva poco senso.

"Cos'hai in mente?" domandò Ganz.

"Hai ancora con te il plastico e gli altri esplosivi?"

Alla risposta affermativa di Ganz, Lazzi increspò il volto in una smorfia di compiacimento.

Capitolo 14

"Dobbiamo controllare le armi nel deposito prima della loro spedizione in Italia" disse Jana ai tre soldati di guardia all'ingresso. "Ordine del capitano Lakovič" aggiunse minacciosa di fronte alla titubanza dei tre.

"Avete un ordine scritto, compagna sottotenente? Ci sono disposizioni precise per l'accesso al deposito."

"Aprite, pezzi d'idioti!" inveì Bozo che, sospinto dalla Beretta di Ganz puntata alle costole, si era affiancato a Jana.

Il più alto in grado dei tre, un caporale, riconobbe Bozo, il fido e inseparabile attendente del capitano Lakovič. "Compagno sergente, non l'avevo vista. Si sente bene?"

Bozo si rabbuiò e fece cenno con le mani di procedere.

"Il controllo richiederà qualche decina di minuti. Chiudete la porta e non fate entrare nessuno" ordinò Jana.

Il percorso era stato breve e senza ostacoli. Le prigioni e il deposito delle armi si trovavano sullo stesso piano del bunker, quello più basso. Avevano incontrato molti soldati dell'Armata, ma sino ad allora nessuno aveva prestato loro particolare attenzione.

Appena chiusa la porta blindata, Ganz rifilò una ginocchiata ai testicoli di Bozo, quindi, mentre era a terra piegato dal dolore, gli legò mani e piedi con una corda tirata fuori dallo zaino.

Lazzi contemplò soddisfatto la montagna di casse di legno ammucchiate nell'ampia stanza rivestita di cemento armato. "Ecco le armi destinate ai nostri comunisti per la loro rivoluzione."

Ne aprirono alcune per accertarsi del contenuto, quindi Ganz tirò fuori dallo zaino quattro cariche di plastico, le inserì tra le casse contenenti gli esplosivi e srotolò la miccia a lenta combustione di alcuni metri. Volse poi lo sguardo verso Lazzi.

Quello si lisciò il mento con occhi assorti. "I nostri uomini saranno ricevuti nella sala riunioni al terzo piano." Controllò poi l'orologio a polso che indicava le 11:34. "A quest'ora saranno già chiusi dentro a complottare la terza guerra mondiale. Regola le micce per le 12:30."

Ganz senza discutere tagliò le micce e compresse il detonatore chimico. "Tra un'ora la montagna esploderà come un vulcano."

"Bene, ora dobbiamo eliminare i nostri tre comunisti" disse Lazzi.

"È un rischio inutile. Ci penserà l'esplosione" replicò Ganz. "Basta presidiare l'uscita e falciarli se riescono a uscirne vivi."

"Dobbiamo essere certi della loro morte. Non conosciamo i loro volti. Nel caos dell'esplosione potrebbero sfuggirci e poi il bunker avrà sicuramente delle uscite di emergenza a noi sconosciute."

Ganz annuì. Le argomentazioni di Lazzi erano corrette.

La faccia di Bozo, nonostante fosse stravolta e contratta per il dolore e la paura, consentì ai tre del commando di muoversi agilmente nel bunker. Il sergente dell'UDBA era conosciuto da tutti e nessuno, neanche le pattuglie di guardia incontrate lungo il percorso, osava fermarli per chiedere documenti e spiegazioni. Raggiungere la sala riunioni, dove i vertici militari sloveni stavano ricevendo i comunisti italiani, non sarebbe stato un problema.

Mentre percorrevano il tunnel principale del piano intermedio si intrufolarono nelle latrine. Ganz, coperto dagli altri, nascose un'altra carica di plastico con la miccia regolata a un quarto d'ora. Fece lo stesso poco più avanti in un deposito di vestiario, con uno scarto di pochi minuti rispetto all'altra miccia.

Imboccarono così le scale che portavano all'ultimo piano della base. Man mano che si avvicinavano alla sala riunioni la presenza di soldati aumentava, di pari passo alla tensione di Ganz, Jana e Lazzi. I primi due si calarono le titovke sulla testa e abbassarono lo sguardo per non essere riconosciuti. Il loro arresto di poche ore prima aveva suscitato grande scalpore ed era avvenuto alla presenza di tutti i graduati dell'Armata presenti nel bunker.

Jana, che si era recata in avanscoperta fino al corridoio che portava alla sala riunioni, ritornò dagli altri in evidente stato di agitazione. Si erano nascosti nella sala mensa, ancora deserta.

"Sono già dentro" riferì Jana. "L'ingresso è presidiato da una decina di soldati armati fino ai denti e lungo il corridoio ce ne sono molti altri. Ho temuto di essere riconosciuta."

Ganz le pose una mano sulla spalla per tranquillizzarla.

Lazzi controllò l'orologio. "La prima carica esploderà tra cinque minuti e quando accade noi dobbiamo essere là, per sfruttare la situazione e introdurci nella sala senza attirarci addosso tutta la guarnigione della base."

"Quello non ci serve più" disse Ganz indicando Bozo imbavagliato e legato dietro un carrello pieno di vassoi. "Anzi potrebbe creare solo problemi."

"Pensaci tu, senza far rumore" rispose Lazzi.

"Con piacere. Io e lui abbiamo un conto in sospeso."

Ganz si inginocchiò a fianco di Bozo che, avendo sentito la loro discussione, aveva preso a contorcersi, mugolare e dilatare gli occhi come un agnello che sta per essere sgozzato.

"Ti meriteresti una morte lenta e dolorosa, ma il contesto è dalla tua parte. Devo fare piano e non posso sporcarmi col tuo sangue di porco."

Così dicendo Ganz tirò fuori il filo a nodo scorsoio dalla tasca e lentamente, per assaporare ogni istante del panico che attanagliava lo slavo, lo passò attorno al suo collo taurino. Poi serrò il filo d'acciaio, sempre più forte. L'aria si riempì subito del fetore di escrementi e urina. Il volto di Bozo divenne paonazzo per i capillari che scoppiavano sotto la pelle. Le pupille presero a roteare all'impazzata. Lo straccio che gli serrava la bocca si allentò e cadde. Il mugolio divenne un rantolio sommerso da un fiotto di bava, cui seguì la lingua, enorme scura rigida viscida.

Ganz uccideva sempre per dovere, con freddezza, senza pietà né odio. Stavolta però aveva provato un intenso piacere. Era convinto di aver fatto un atto di umanità e giustizia. Liberare il mondo da un sadico aguzzino e torturatore, da uno che godeva nell'infliggere la sofferenza ai suoi simili. E poi c'era la vendetta. Aveva ancora impresso nei suoi occhi quel povero ragazzo pugliese obbligato a camminare con la gamba rotta, massacrato a colpi di scarpone chiodato, lasciato a terra agonizzante con la testa spaccata.

Jana diceva il vero. Il corridoio che portava alla sala dove erano stati ricevuti i comunisti italiani era affollato di militari dell'Armata. Lazzi controllò ancora il suo orologio e si incamminò lentamente verso l'ingresso.

Erano a metà del tunnel quando un boato fece tremare la montagna.

Jana e Ganz non persero tempo e sfruttarono al massimo lo sconcerto e la sorpresa dei soldati slavi. Iniziarono così a dare ordini e sbraitare: "Ci attaccano, presto correte al piano di sotto!"

Il fumo e le grida, provenienti dal piano intermedio tramite le scale, convinsero i soldati lì presenti a seguire le indicazioni dei due graduati, che sembravano gli unici a sapere quello che accadeva e cosa fare. La maggior parte si precipitò di sotto con le armi spianate, mentre Lazzi, Jana e Ganz proseguirono a passi decisi nella direzione opposta, verso la sala riunioni.

Ormai a pochi metri, Lazzi fece segno di fermarsi e indicò agli altri due una diramazione sulla destra che tramite un breve corridoio conduceva a una porta blindata presidiata da un soldato. "La centrale elettrica e la sala trasmissioni. Jana, tu aspetta qui e non far passare nessuno. Ganz, tu con me."

"Fermi! Qui possono entrare solo persone autorizzate!" intimò loro il giovane caporale di guardia.

"Certo, compagno" rispose Ganz con un sorriso, "ora ti mostro l'autorizzazione." Si avvicinò così al caporale e iniziò a frugarsi nelle tasche.

Mentre il caporale osservava impaziente i goffi movimenti di Ganz, Lazzi si avvicinò dal lato opposto e gli puntò il pugnale sotto le costole.

"Ecco l'autorizzazione, ce l'aveva il mio amico" sorrise Ganz, quindi, diventando improvvisamente serio: "dì a quelli dentro di aprirci subito o ti sventriamo come un maiale."

Il caporale si guardò disperatamente attorno in cerca di qualche aiuto, ma al di là di Jana, nel tunnel principale, i soldati che correvano in su e giù in mezzo al fumo non potevano né vederlo né sentirlo, anche perché le sirene dell'allarme suonavano all'impazzata. Era solo, in balia di quei due nemici del popolo.

Voltò la testa e indicò un campanello a fianco della porta. Lazzi lo premette. Dopo un attimo si accese lo spioncino del microfono. Ganz fece avvicinare il volto del caporale che farfugliò la parola d'ordine: "morte al fascismo, libertà al popolo".

Ganz scosse la testa. "Dio, che fantasia!"

Seguirono rumori metallici di meccanismi e serrature in movimento. Non appena la porta si dischiuse all'interno, i due italiani spinsero avanti lo slavo irrompendo nella stanza delle trasmissioni e della centrale elettrica.

Uno dei telegrafisti, che aveva già la pistola in pugno dopo lo scoppio della bomba, sparò verso di loro, ma tutti i suoi colpi si piantarono nel corpo dello slavo che Ganz e Lazzi avevano usato come scudo. Mentre il primo continuava a sorreggere il caporale, ormai agonizzante, Lazzi freddò i tre telegrafisti con il mitra per poi scaricare l'arma sui comandi del telegrafo e sull'impianto ricetrasmittente. Su indicazione di Lazzi, Ganz prese l'ultima carica di plastico dallo zaino, tagliò la miccia programmando l'esplosione a un quarto d'ora e la nascose dietro la centrale elettrica.

Uscirono come niente fosse e raggiunsero Jana che sorvegliava l'ingresso. Quindi si diressero decisi verso la sala riunioni, ancora presidiata da dieci soldati che non si erano mossi dal loro posto.

Proprio in quel momento ci fu la seconda esplosione, quella del deposito di vestiti. Grida, caos e fumo aumentarono in modo esponenziale. I soldati correvano come impazziti da tutte le parti. Lazzi, Ganz e Jana approfittarono della situazione e si avvicinarono alla porta.

Ganz affiancò Lazzi.

"Capitano, siamo ancora in tempo a toglierci dai piedi prima che salti tutto. Mancano solo venti minuti…"

"Tranquillo, Ganz. So quello che faccio."

"Come pensi di sbarazzarti di quei tipi davanti alla porta?"

"Dicendogli la verità e poi non scordare che tra cinque minuti sarà buio pesto…"

"Alt! O spariamo" gridò il tenente che comandava la guardia.

I tre si bloccarono a venti metri dalla porta, sotto il tiro di dieci mitra.

"Fate come me e seguitemi" ordinò Lazzi. Quindi buttò mitra e pistola a terra, alzò le mani e si incamminò verso il tenente jugoslavo.

Capitolo 15

Il boato zittì i sette uomini seduti attorno al tavolo.

Si scambiarono sguardi preoccupati.

"I lavori al bunker sono ancora in corso… forse un incidente" disse il colonnello Radich lanciando sorrisi rassicuranti agli ospiti. Quindi incrociò lo sguardo di Lakovič e subito si rabbuiò.

Il capitano dell'UDBA, senza dire una parola, si alzò dal tavolo e si diresse verso la porta.

Il maggiore Antonov alzò in modo impercettibile la mano e il Siberiano, appoggiato al muro in un angolo della stanza, seguì Lakovič.

Radich, come niente fosse, riprese a illustrare ai tre italiani il piano d'azione che la Jugoslavia aveva in mente per il loro paese. "Cinque dei nostri migliori ufficiali vi seguiranno in Italia. Parlano perfettamente la vostra lingua e vi aiuteranno a creare la struttura militare clandestina. Con voi verrà anche il nostro miglior agente in Italia, il tenente Eugenio Conti che siede alla mia destra."

I tre italiani volsero lo sguardo al loro connazionale, che rimase impassibile.

"Collabora con noi dal '42. Durante la guerra di liberazione è stato molto prezioso, soprattutto nei momenti più duri. Prima della capitolazione dell'Italia, l'offensiva congiunta lanciata da tedeschi, italiani, ustascia e četnici stava quasi per annientarci. Ci braccavano senza tregua dalla Bosnia all'Erzegovina e poi al Montenegro. La rete di spie all'interno del Regio Esercito, messa in piedi e diretta da Conti, è stata fondamentale. Dopo l'armistizio lo abbiamo fatto rientrare in Italia dove è riuscito a ingraziarsi gli americani partecipando attivamente alla campagna d'Italia, con brillanti azioni di sabotaggio e spionaggio dietro le linee nemiche contro i nazifascisti. Oggi ha partecipato al commando di terroristi che secondo gli americani avrebbe dovuto uccidere noi e voi…"

I tre italiani si agitarono sulle sedie, sgranando gli occhi.

"Tranquilli" proseguì Radich alzando le mani. "Grazie a Conti e all'azione dei nostri valorosi uomini dell'UDBA, i terroristi al soldo degli americani sono stati uccisi o catturati. Conti, creduto morto assieme agli altri e provvisto di un'altra identità, tornerà in Italia con voi, per continuare il suo prezioso lavoro. Liberare l'Italia dalla reazione e dar vita a una vera democrazia popolare è una causa che sta molto a cuore al maresciallo Tito. Il popolo jugoslavo è vicino ai suoi fratelli italiani. Lotteremo senza indugio al vostro fianco!"

"Se non togliamo di mezzo Togliatti, da noi non ci sarà mai una rivoluzione" disse il più giovane dei tre italiani con un pesante accento piemontese.

"Le vostre armi e i vostri consiglieri sono ben graditi" aggiunse un altro degli italiani, "e lo saranno ancor più per consolidare il potere popolare dopo l'insurrezione; ma in Italia non accadrà niente se non riusciremo a prendere in mano il partito e cacciare la cricca moderata e parlamentarista che oggi lo dirige."

"Al Nord abbiamo migliaia di ex partigiani armati sino ai denti e pronti alla sollevazione, basta solo un ordine da Roma!" disse ancora il piemontese.

"Certo" convenne Radich, "Togliatti costituisce un problema e con le buone o le cattive dovremo superarlo. Sono però convinto che di fronte al fatto compiuto, a insurrezione scoppiata, non oserà mai sconfessare l'azione dei compagni."

Un secondo boato, ancor più forte del primo, fece morire le parole in bocca a Radich. I ritratti di Stalin e Tito appesi alla parete caddero a terra tra un sinistro tintinnio di vetri rotti.

Proprio in quel momento tornò Laković, seguito come un'ombra dal Siberiano.

"C'è stata un'esplosione al piano intermedio del bunker, nelle latrine!" farfugliò Laković. "Anche quest'altra deve venire da là…" aggiunse come in trance.

"Per opera di chi? Se mi consente, compagno capitano" domandò Antonov, sino ad allora in silenzio.

Lakovič ignorò il russo e continuò a guardare Radich. "I nostri uomini stanno cercando di capire le ragioni… gli americani, i fascisti… qualcuno si è introdotto nel bunker… siamo sotto attacco."

Radich era stravolto. "Com'è possibile? Come hanno fatto a entrare?"

"Li troveremo, compagno colonnello, e li uccideremo come cani" sibilò Lakovič, ritrovando la sua grinta. "Ma nessuno deve uscire dalla stanza. Questo è il luogo più sicuro della base e la porta è presidiata da dieci soldati, il tunnel da un'altra cinquantina."

La porta si aprì e nella stanza, assieme a una vampata di fumo acre, entrò un tenente dell'Armata jugoslava che si mise sugli attenti di fronte a Lakovič.

Tutti i presenti lo fissavano con trepidazione come si aspettassero da lui un verdetto definitivo. Il tenente era in evidente stato di agitazione. Le labbra gli fremevano e le palpebre sbattevano incontrollate. Impiegò del tempo prima di raccogliere le idee e riuscire a parlare.

"Compagno capitano, ci sono qui fuori due uomini e una donna… dicono che tra quindici minuti esploderà tutto…"

"Chi sono? Come diavolo fanno a saperlo?" domandò Lakovič fuori di sé dalla rabbia.

"Non so… Hanno le nostre divise… dicono che le bombe le hanno messe loro…"

"È un bluff! Uccidili subito!" ordinò Lakovič.

"Le due bombe appena esplose erano più che reali" disse Antonov. "Compagno Radich, sentiamo cosa hanno da dirci questi tre. Ad ucciderli siamo sempre in tempo."

"Non è prudente farli entrare qui" disse Lakovič.

Radich, ancora scosso, alzò lo sguardo verso il tenente della guardia: "Questi tre sono nelle vostre mani?"

"Sì, compagno colonnello. Li abbiamo disarmati e perquisiti."

"Bene. Legateli e fateli scortare qui dentro da almeno quattro uomini armati."

"Radich!" protestò Lakovič.

"Taci, idiota! Tu sei il responsabile della sicurezza. Guarda che casino hai combinato!"

Jana, Ganz e Lazzi vennero condotti nella stanza. Avevano le mani legate e quattro mitra puntati alla schiena.

Lakovič li riconobbe subito e rimase basito. La domanda gli uscì spontanea dalla bocca. "Come hanno fatto a fuggire?"

Conti li squadrò e sorrise. "I miei amici non demordono."

Lazzi gli sputò contro ricevendo in cambio un calcio di mitra nei lombi, che lo fece stramazzare al suolo.

Anche Radich riconobbe i tre componenti del commando e la sua faccia divenne ancor più bianca.

I comunisti italiani osservavano la scena sempre più irrequieti, non sapendo cosa stesse accadendo.

Lazzi, mentre cercava a fatica di rimettersi in piedi, sbirciò l'orologio al polso e si avvicinò a Ganz. "Tra due minuti esatti. Localizza gli obiettivi."

L'altro fece cenno affermativo. Mentre contava mentalmente i centoventi secondi, individuò i tre comunisti italiani seduti alla destra del tavolo, gli unici con abiti civili. Di fronte sedevano un corpulento colonnello jugoslavo e un maggiore sovietico con l'inconfondibile copricapo rosso blu dell'NKVD tra le mani. Un altro ufficiale sovietico, un tenente dai tratti asiatici, era in piedi vicino a Lakovič. Quindi adocchiò il suo zaino tattico, gettato dalle guardie che li scortavano in un angolo della stanza, assieme alle armi.

Lazzi, una volta in piedi, fece un passo avanti e tutti gli occhi dei presenti si puntarono su di lui. "Tra diciassette minuti esatti il bunker non esisterà più. Salterà in aria con chi c'è dentro."

"Se è vero, perché non sei fuggito, invece di venire qui a raccontarcelo?" gli urlò in faccia Lakovič per poi estrarre dalla fondina una Luger e puntarla alla tempia di Lazzi. "Radich, questo fascista ci sta prendendo per il culo. Autorizzami a…"

Un fragore ancor più forte degli altri due fece tremare le pareti e sobbalzare il pavimento. La luce andò via e la stanza piombò nel buio più assoluto.

Ganz non perse un attimo. Sfruttando il disorientamento dei soldati alle sue spalle, si gettò a terrà e rotolando su se stesso raggiunse il proprio zaino. Trovò a tastoni la feldspaten, che era rimasta fissata ai lacci esterni, e sulla lama ci sfregò violentemente la corda che gli legava le mani fino a reciderla. Quindi frugò nello zaino e recuperò la torcia elettrica e la Beretta. Era pronto a finire il lavoro.

Impugnò unite torcia e pistola. Le tese bene davanti a sé in modo da usare la prima come faro direzionale della seconda. Quindi iniziò a sondare l'ambiente immerso nel buio, in cerca dei suoi tre obiettivi.

Un compito arduo e pericoloso che Ganz doveva eseguire in fretta, se ne voleva uscirne vivo. Nella stanza regnava il caos più totale e nessuno tranne lui aveva una torcia. Ombre furtive gli scorrevano davanti. Ordini rauchi in sloveno e russo echeggiavano nelle sue orecchie ancora frastornate per l'esplosione. E lui con la torcia in mano era un comodo bersaglio: la divisa marrone dell'Armata che indossava non lo avrebbe protetto a lungo dai mitra slavi.

Puntò subito torcia e pistola verso la parte del tavolo dove sedevano i tre del PCI. Le sedie erano vuote, ma percepì dei sussurri in italiano da sotto. Si gettò a terra e illuminò tre sagome rannicchiate sotto il tavolo. Non vide i volti, ma gli abiti erano borghesi e come aveva notato poc'anzi gli unici senza divisa erano proprio i tre comunisti italiani. Trattenne il fiato e mirò alla testa. Tre colpi secchi e le tre ombre si afflosciarono a terra.

Dopo il terzo sparo Ganz si gettò di lato verso la stufa e spense la torcia per non essere individuato.

Seguirono due raffiche di armi automatiche che rimbalzarono sul muro sopra di lui.

"Non sparate! Imbecilli!" gridò qualcuno in sloveno da dietro la stufa.

Proprio in quel momento la porta della stanza si aprì e un potente fascio di luce frugò all'interno.

Ganz lo seguì per avere il quadro della situazione.

Riconobbe Lazzi a terra con due militari jugoslavi e il tenente sovietico dai tratti asiatici che gli puntavano i mitra addosso. Dietro la stufa a pochi metri da lui si erano rifugiati il maggiore dell'NKVD, Conti e Radich; mentre Lakovič e un altro soldato jugoslavo erano chini sui tre italiani morti. Di Jana non c'era traccia.

Dietro di lui un improvviso movimento d'aria. Cercò di girarsi e mettersi in posizione di guardia, ma non fece in tempo. Due mani fredde e asciutte gli serrarono la gola in una morsa d'acciaio. D'istinto Ganz inarcò le spalle e gonfiò il collo. Quindi lasciò cadere torcia e pistola, e cercò le dita dello strangolatore, da quella posizione il suo unico punto debole. Afferrò mignolo e anulare di entrambe le mani e li torse con tutta la forza che aveva. Uno scricchiolio e un urlo. La presa sul collo si allentò. Ganz allora si agguantò il pugno sinistro con la mano destra e caricò una gomitata al fianco sinistro dell'aggressore. Quello, incassato il colpo in pieno stomaco, si staccò e arretrò quanto basta per consentire a Ganz di girarsi su se stesso, afferrargli la nuca e sbattergli la faccia contro il suo ginocchio. Al crepitio di ossa spaccate stavolta non seguì un urlo, ma il tonfo sordo di un corpo inanimato che cade a terra.

Ganz si lasciò cadere sulle ginocchia. Era in affanno e il cuore gli batteva all'impazzata. La lotta era durata pochi secondi, ma lo aveva stremato come fosse andata avanti per ore. Doveva raccogliere le forze e riflettere, e tutto molto velocemente. Respirò profondamente, fino a riprendere il controllo di se stesso. Quindi a tastoni recuperò pistola e torcia. Non aveva scelta. L'unica cosa sensata che poteva fare era fuggire e salvare la propria pelle, anche perché tra pochi minuti sarebbe esploso tutto.

Mirò alla porta, l'origine della luce, e là scaricò la pistola correndo a zig zag in quella direzione. La luce sparì tra grida e imprecazioni, mentre una miriade di proiettili gli fischiavano attorno e gli rimbalzavano tra i piedi.

"Ganz!" esclamò una voce alla sua destra.

Era Jana, che seguendo le sue istruzioni, non appena aveva sentito il boato, si era gettata a terra con le mani sopra la testa per poi strisciare subito verso l'uscita.

“Seguimi!” le gridò lui continuando a correre. Nel frattempo gettò la Beretta scarica e sfilò dallo zaino la feldspaten roteandola sopra la testa.

I soldati alla porta non si erano ancora riorganizzati quando vennero investiti come una valanga da Ganz, che si fece strada fracassando e spaccando tutto quello che aveva di fronte.

Raggiunto il tunnel, con la coda dell’occhio percepì un’ombra subito dietro di lui. Si girò di scatto pronto a far partire un montante a due mani.

“Sono io, Jana.”

Si fermò, ansimando rumorosamente per lo sforzo. Il fumo acre e la polvere di calcinacci di cui era impregnato l’ambiente lo fece tossire. “Andiamo, non c’è tempo” farfugliò con il poco fiato che gli era rimasto.

Proprio in quell’istante il tunnel si riempì di una moltitudine di luci ondeggianti che correva verso di loro.

“Presto, hanno catturato il colonnello, correte!” gridò Jana indicando la sala riunioni. “Un commando di fascisti ci ha attaccato. Controllano la porta.”

“Bene, andiamo! Forza compagni! Facciamoli fuori! Morte al fascismo!” gridarono gli ufficiali alla testa della colonna.

Jana e Ganz si schiacciarono alla parete e fecero passare i soldati.

Dopo pochi passi, i militari in testa alla colonna giunta in soccorso iniziarono a sparare contro i loro compagni alla porta, credendoli nemici. A loro volta quelli risposero al fuoco.

Ganz sgambettò l'ultimo della comitiva sopraggiunta, che rovinò a terra. Gli fu sopra, gli spaccò la faccia con lo scarpone e gli sfilò il mitra, un MP 40. "Questo serve a me." Quindi si voltò verso Jana. "Forza. L'uscita non è lontana…"

Facendosi strada con la torcia si lanciarono in una corsa disperata verso l'ingresso principale, al piano sottostante.

Il bunker era pieno di soldati che vagavano nella penombra. Pochi avevano torce elettriche – una merce rara in Jugoslavia, dove scarseggiavano beni molto più banali come lamette da barba o pettini. Alcuni avevano lumi a petrolio. Altri si erano fabbricati delle torce. I più vagavano nell'oscurità, a tastoni. L'aria era acre, spessa di polvere, irrespirabile; e una coltre di fumo aleggiava ovunque smorzando i rari punti di luce.

Alcuni ufficiali cercavano di ristabilire l'ordine, ma i soldati non li seguivano. Gli ordini erano contraddittori e isterici, e i soldati lo percepivano.

Il caos che regnava ovunque consentì ai due di raggiungere velocemente l'ingresso, che però trovarono sbarrato da una muraglia umana vociante.

"Che succede?" domandò Ganz a un soldato.

"Le guardie non fanno uscire nessuno" mugugnò sconsolato il militare. Aveva gli occhi rossi e uno straccio bagnato su naso e bocca.

Ganz e Jana si guardarono sconcertati. Il sudore gelido scorreva sui loro volti stravolti e coperti di polvere nera, scavandoci sopra tracciati irregolari.

Intanto dietro di loro continuava ad affluire gente che premeva e bestemmiava per uscire dalla base. L'aria era sempre più irrespirabile e la poca fresca e pulita che giungeva dall'ingresso esterno non aiutava un granché.

"Quello è Lazzi!" esclamò Jana indicando un punto alla loro destra.

Ganz si girò e, non credendo ai suoi occhi, scorse Lazzi. L'italiano, che non si era accorto di loro, si faceva largo tra la folla a spintoni. Si portò in un angolo in penombra, dove la luce solare che proveniva dalla porta d'ingresso non arrivava. Confabulò con qualcuno, quindi tornò verso l'ingresso della base, si guardò attorno furtivo e lanciò in avanti, tra la folla che premeva per uscire, due oggetti metallici.

Ganz sgranò gli occhi, afferrò Jana per le spalle e la tirò a terra. Quindi col calcio del mitra colpì ai reni un soldato che gli dava le spalle e afferrandolo per i capelli lo fece cadere disteso sopra di loro.

Dopo pochi secondi, due boati seguiti da lampi folgoranti e vampate d'aria rovente tolsero loro il respiro schiacciandoli a terra, mentre sopra volavano schegge incandescenti frammiste a calcinacci e brandelli di corpi umani.

Ganz si trovò completamente stordito, con gli occhi la bocca il naso impastati di polvere, la vista offuscata, difficoltà di respiro, le orecchie sorde, gli arti bloccati e insensibili. Jana, schiacciata al suo fianco, era immobile; ma sentiva pulsare il corpo della ragazza sul proprio. Sapeva che doveva reagire immediatamente. Fece forza su gambe e braccia e, con un colpo di reni accompagnato da un grido rauco, si scrollò di dosso il groviglio di corpi straziati, calcinacci e barre contorte d'acciaio con cui l'onda d'urto delle esplosioni li aveva seppelliti.

Ganz e Jana, interamente ricoperti di polvere, cenere e sangue, si eressero sulla massa di cadaveri e detriti prodotta dalle due bombe a mano lanciate da Lazzi. Tutt'intorno, tra dense nubi di fumo, i soldati dell'Armata si alzavano in piedi e gridavano aiuto. Molti feriti e sotto shock, con le divise a brandelli e annerite.

Dove non era giunta l'onda d'urto dell'esplosione arrivò il più incontrollato e selvaggio terrore, e la folla dei soldati sopravvissuti si trasformò in una valanga umana che travolse le guardie all'ingresso, nonostante le raffiche di mitra sparate ad altezza d'uomo.

Sospinti dalla marea umana, senza quasi toccar terra, Jana e Ganz si ritrovarono fuori, sotto la pioggia che cadeva imperterrita e fitta. In mezzo agli altri soldati dell'Armata, respirarono a pieni polmoni l'aria umida della foresta, impregnata di muschio e foglie marce.

Una mano raggiunse Ganz sulla spalla.

"Leviamoci di qui."

Era la voce di Lazzi.

Alle parole dell'italiano seguì un boato sordo, cupo, prolungato, che sembrava provenire dal centro della terra. La montagna sussultò e da ogni foro, conduttura, presa d'aria del bunker che dava sull'esterno sgorgarono vampate di fiamme rosse e gialle, fumo e detriti di ogni genere.

Un'immensa colonna nera si alzò dalla montagna verso il cielo, scomparendo tra le nuvole cariche d'acqua.

Capitolo 16

Il capitano Lakovič guardava assorto l'ingresso del bunker. L'imponente porta blindata era stata divelta e proiettata come carta straccia tra i faggi. Dall'interno del tunnel usciva ancora una densa coltre di fumo nero. Alcuni soldati dell'Armata con divise logore e stracci bagnati legati intorno a naso e bocca trascinavano fuori i cadaveri dei loro commilitoni uccisi dalle esplosioni e dalla calca seguita.

Percepì una mano delicata poggiarsi sulla spalla sinistra.

Si voltò. Era Danica, quasi irriconoscibile per la faccia macchiata di nero e gli occhi rossi.

Il capitano increspò il volto in un sorriso amaro e tornò a fissare il fumo nero che usciva dal ventre della montagna.

"È andato tutto a puttane!" borbottò cupo. "Il bunker, i comunisti italiani… la mia vita, la nostra vita… Sarebbe stato meglio morire là dentro."

La donna lo afferrò per le spalle e lo scosse con vigore. "Drago, non è ancora finita. Se riprendiamo quei bastardi possiamo ancora cavarcela… Prendi in mano la situazione! Organizza la loro cattura!"

"Radich, quel porco, darà l'incarico a qualcun altro" rispose sconsolato Lakovič. "Mi ha dato dell'idiota davanti a tutti. Mi incolperà di quel che è accaduto."

"Sei tu il più alto in grado. Radich è loro prigioniero! E se noi lo liberiamo e uccidiamo quei banditi non potrà che esserti debitore."

"Prigioniero? Sei sicura? Com'è accaduto?"

"Un medico dell'Armata era presente quando l'hanno rapito."

***

"Aspettate" bisbigliò Jana.

Lazzi e Ganz si voltarono.

La ragazza indicò tre uomini in mezzo alla folla dei militari jugoslavi che si stavano precipitosamente allontanando dal bunker. Due soldati dell'UDBA facevano strada a un graduato tarchiato che, inascoltato e rosso dalla rabbia, sbraitava ordini a destra e sinistra.

"Quel colonnello era nella stanza coi comunisti italiani" disse Jana.

"Dev'essere il comandante della base" disse Lazzi.

"Catturiamolo e portiamocelo dietro" suggerì Ganz. "In questo caos nessuno se ne accorgerà."

Lazzi tirò fuori il pugnale. "Sarà il nostro lasciapassare per la Zona A."

I tre, a passo veloce e coi coltelli sguainati, tornarono in mezzo alla folla dei militari e si avvicinarono a Radich. Il colonnello dell'UDBA aveva un braccio ferito, forse dallo scoppio della bomba lanciata da Lazzi. Senza farsi notare – il colonnello avrebbe potuto riconoscerli – si mescolarono agli altri soldati, mantenendosi a una distanza di pochi metri, pronti a passare all'azione. La confusione era totale e nessuno si preoccupava di loro. Decine di militari, smarriti e spossati, si aggiravano e bivaccavano davanti all'ingresso della base, in attesa di ordini.

All'improvviso un tenente con una grossa borsa di pelle si avvicinò al colonnello. Era l'ufficiale medico. Lui e il colonnello confabularono animatamente alcuni secondi poi il tenente indicò con fermezza una radura lì vicino.

Radich, il tenente medico e i due dell'UDBA si diressero verso la radura dove, presumibilmente, il colonnello avrebbe ricevuto le prime medicazioni. Lazzi, Ganz e Jana li seguirono, mantenendosi sempre a distanza.

Il tenente fece sedere Radich su un masso e poggiò la borsa a terra, l'aprì e a colpo sicuro estrasse due boccette e un rotolo di garza. Quindi ordinò al colonnello di stendere il braccio e con movimenti esperti iniziò a pulire la ferita.

"In piedi e muti!"

I due ufficiali si voltarono di scatto.

I militari dell'UDBA erano a terra, la gola tagliata, il volto riverso nel sangue. Sopra di loro si ergevano tre soldati dell'Armata, due uomini e una donna, coi mitra spianati.

Radich li riconobbe e sbiancò

L'altro, invece, non si capacitava. "Ma che succede? Perché li avete uccisi?"

Ganz fece un passo avanti e con il calcio dell'MP 40 stese il medico.

"Andiamo colonnello" disse Jana. "Abbiamo bisogno di lei per tornare a casa…"

***

"I nostri soldati al valico con la Zona A sono stati allertati" riferì Danica. "Il confine è sigillato, presidiato palmo a palmo, non riuscirebbe a passare una mosca."

"Bene, ora tocca a noi" ringhiò Lakovič. Ritrovati grinta e spirito combattivo, aveva seguito il suggerimento della sua donna e preso il comando della guarnigione come ufficiale presente più alto in grado.

"Dobbiamo impedire a ogni costo che raggiungano la Zona A" disse Conti che si era unito a Lakovič e agli altri ufficiali della base. "Se trapela ciò che è successo, la nuova Jugoslavia, il governo popolare, il partito, lo stesso Tito, ne usciranno umiliati e screditati… Io sarò bruciato e non potrò più mettere piede in Italia per servire la causa."

"È incredibile che una manciata di uomini sia riuscita a prendersi gioco con tale facilità del vostro apparato di sicurezza" osservò sarcastico Antonov.

“Ma la colpa è anche nostra. È chiaro che i nostri istruttori dell’NKVD non sono stati all’altezza…”

“Quanti uomini abbiamo qui al bunker?” domandò Lakovič ignorando le provocazioni del russo.

“Siamo riusciti a rimettere in forze duecentosedici soldati” rispose Danica. “Sono riposati e armati, ma dopo quello che è accaduto il morale è a terra.”

“Dovremo catturarli noi, senza richiedere rinforzi a Lubiana. Fai radunare gli uomini nello spiazzo davanti al bunker. Parlerò loro.”

Lakovič salì su un masso e, mani ai fianchi, squadrò dall’alto in basso i duecentosedici soldati dell’Armata.

“Compagni! I banditi fascisti inviati dalle potenze imperialiste ci hanno inferto un duro colpo. Con l’inganno e il tradimento, le tradizionali armi dei vigliacchi italiani, hanno distrutto il nostro prezioso bunker, ucciso molti di noi e rapito il colonnello Radich. Ma soprattutto hanno recato una grave offesa al prestigio del popolo jugoslavo e della sua gloriosa guida, il maresciallo Tito. In questo preciso istante questi banditi stanno cercando di raggiungere il territorio controllato dagli americani per mettersi in salvo e vantarsi davanti al mondo di ciò che hanno fatto. Ma questo non deve accadere! Noi abbiamo il dovere di trovarli, fermarli

e affogarli nel loro sangue, per riparare al torto subìto e ristabilire la nostra reputazione! Ne va
dell'onore del nostro popolo e del nostro comandante Tito!"

I soldati risposero all'arringa del loro capitano
con grida e gesti di entusiasmo e approvazione.

Lakovič ne fu rincuorato. Per infiammare ancor
più gli animi dei suoi uomini alzò il pugno destro e
lanciò il grido di battaglia dell'Armata jugoslava:
"Smrt fašizmu!"

I soldati alzarono a loro volta il pugno e come
un sol uomo tuonarono: "Svoboda narodu!"

Quindi tutti assieme, tra urla di acclamazione e
fucilate contro il cielo: "Trst je naš! Gorica je naš!"

"Cammina, pezzo di merda!" inveì Lazzi spintonando in avanti Radich.

"Ho dolore al braccio!"

"Se non muovi le gambe te lo stacco. Mi sono
rotto i coglioni di essere gentile con te."

"Dove siamo?" domandò Jana. "Questa foresta
è un infinito saliscendi. Il cielo è coperto, non abbiamo punti di riferimento, sembra di essere sempre allo stesso punto."

"L'importante è andare a ovest e questa ce lo ga-
rantisce" disse Ganz stringendo tra le mani la bus-
sola.

"Sono tre ore che camminiamo" osservò Lazzi.
"Dovremmo essere vicini alla Zona A."

"Non riuscirete mai ad attraversare la linea Morgan!" disse Radich, ansimando per lo sforzo. "Sarà presidiata da migliaia di soldati dell'Armata e altrettanti vi staranno dando la caccia nella foresta… non avete scampo! Arrendetevi, siete ancora in tempo. Vi do la mia parola che avrete salva la vita."

"Conosco bene la parola di voi comunisti jugoslavi" sorrise sarcastico Ganz. "Dopo l'armistizio con la promessa della libertà avete disarmato, imprigionato e trucidato migliaia di soldati italiani."

"Arrivati al confine ci giochiamo la carta di questo sacco di merda slava, la sua pelle in cambio del nostro lasciapassare" disse Lazzi. Quindi si rivolse a Radich rifilandogli un'altra spinta. "Quanto a te, sta' zitto e cammina! Se riapri bocca te la tappiamo di nuovo con la stoffa."

Dopo pochi minuti, Ganz, che avanzava in testa al gruppo, alzò la mano destra. Gli altri si fermarono immediatamente e Lazzi prontamente rimise la palla di stoffa in bocca a Radich.

Ganz fece cenno di aspettarlo lì e infilandosi in una pista di cinghiali si inoltrò nel costone boscoso alla loro destra.

Tornò dopo una ventina di minuti, dal punto esatto dov'era partito.

"Il confine è vicino, non più di due tre chilometri" riferì Ganz, "ma come temevamo è presidiato da decine di soldati; in più nel raggio di un chilometro ho avvistato tre pattuglie in perlustrazione. Hanno anche i cani."

"Dobbiamo essere prudenti" disse Lazzi. "Oltrepassare il confine è inutile se non raggiungiamo subito i soldati americani. Gli slavi potrebbero seguirci nella Zona A e farci fuori."

"È quasi buio" osservò Jana. "Tra poco non vedremo più niente."

"Conviene aspettare la notte e poi provare a passare. Una volta al di là del confine, col buio, per loro sarà impossibile trovarci."

Lazzi scosse la testa. "No, troppo rischioso. Dobbiamo raccogliere le idee, studiare bene la situazione…e poi siamo stanchi e poco lucidi. Troviamo un nascondiglio per la notte. Agiremo domattina all'alba."

"Ma è un suicidio! sei impazzito?" protestò Ganz.

"Nazista del cazzo, sono io il comandante qui, e tu fai quello che ti dico!"

Ganz e Lazzi misero le mani sulle pistole scambiandosi sguardi omicidi.

"Smettetela, dobbiamo rimanere uniti!" disse Jana frapponendosi a loro. Quindi poggiò la sua mano su quella di Ganz. "Il capitano ha ragione. Cerchiamo un nascondiglio per la notte."

Il guaito lamentoso di un cane risuonò poco lontano.

I due italiani si fronteggiarono, immobili e furenti, per alcuni interminabili istanti. Quindi, improvvisamente, Ganz allargò le braccia e distese il volto in un sorriso accomodante. Sputò a terra e col mento accennò alla loro destra. "A poche centinaia di metri da qua ho trovato una cavità carsica. Mi sono affacciato. È profonda e sembra abbastanza larga. Potremo calarci e passare la notte laggiù."

"Se ci trovano siamo finiti, con una granata ci fanno fuori tutti" osservò Jana.

"Combattere da dentro una foiba non è il massimo" disse Ganz, "ma non abbiamo molte alternative, a meno che tu non voglia riprovare l'esperienza della fossa sotto terra…"

Jana sbiancò.

"La foiba andrà benissimo, Ganz fai strada" tagliò corto Lazzi. "Dopotutto" sogghignò poi a Jana, "voi sloveni siete degli amanti di queste buche."

Capitolo 17

Ganz fu l'ultimo a calarsi nella foiba.

Legò il suo MP 40 e gli Sten di Jana e Lazzi allo zaino tattico, fissò il tutto a una fune e, attento a non urtare le pareti rocciose, fece calare lentamente il pacco tra le braccia di Lazzi. Mimetizzò accuratamente l'ingresso della foiba, un foro irregolare con un diametro di un metro e mezzo nel terreno roccioso. Fece lo stesso con il tronco di pino cui era legata la corda usata per scendere, e che il giorno seguente avrebbero usato per risalire in superficie. Quindi impugnò la corda a due mani e molleggiando sulle gambe attaccò la discesa in verticale. Gli sembrò di entrare in un pozzo.

Dopo circa dieci metri di discesa posò gli scarponi chiodati su una sporgenza rocciosa da cui si accedeva a un'ampia grotta posta in orizzontale rispetto alla cavità principale, che continuava a scendere vertiginosamente verso il basso, chissà ancora per quanto, nel buio più profondo. Lazzi, calatosi per primo, aveva scelto quell'anfratto secondario come rifugio e la scelta era ottima. L'ambiente, avvolto dalla penombra appena scalfita dalla luce del foro d'ingresso, era ampio, asciutto e aerato. Ganz aguzzò gli occhi e in un angolo buio della grotta, a una distanza imprecisata, scorse i fasci luminosi di due torce elettriche.

La voce di Lazzi risuonò cupa: "Siamo qua, vieni!"

Ganz, incuriosito dal buco nero che si apriva sotto i suoi piedi, prima di raggiungere gli altri, si calò ancora qualche metro nella foiba, ma cambiò presto idea: un odore acre e dolciastro gli invase le vie respiratorie causandogli forti insulti di vomito. Aveva da poco preso altre due pasticche di Pervitin e dopo ogni dose, per una buona mezz'ora, soffriva di nausea e vomito. Non volle rischiare di rigettare tutto.

Con poche bracciate risalì al livello della grotta orizzontale e, lasciata la corda, con passi prudenti per la scarsa luce, si diresse verso gli altri.

Jana e Radich erano seduti su alcune rocce. Lazzi lo attendeva in piedi. Le due torce, rivolte verso l'alto, diffondevano una luce tenue e limitata.

"Non è il massimo della comodità, ma almeno dormiremo tranquilli e sicuri" esclamò Ganz non appena fu a pochi metri dai compagni.

"Getta ai piedi la pistola e alza le mani" disse Lazzi puntandogli lo Sten al torace.

Ganz sorrise. "Mi chiedevo quando avresti scoperto le tue carte… e, modestamente, ho indovinato perfettamente. Questa sosta notturna non ha alcun senso logico, se non quello di liberarti di me, senza fare chiasso e allarmare i titini, prima di passare il confine." Quindi con estrema calma tirò fuori la pistola dalla cintura dei pantaloni.

Lazzi strinse l'impugnatura del mitra. "Non credere che abbia paura di sparare. A questa profondità nessuno sentirà niente."

Ganz non si fermò.

"Come vuoi, squilibrato di un nazista" disse Lazzi.

Mirò al torace e premette il grilletto.

L'arma rimase silente. Nessuna pallottola uscì dalla canna, nessun boato si propagò nella caverna.

Ganz scoppiò a ridere. "Vedi, Lazzi. Sono stato previdente. Prima di calare i mitra nella foiba ho pensato bene di svuotarne i caricatori." Così gli puntò al volto la Beretta. "Questa invece è ben carica."

Lazzi arretrò e gettò il mitra.

"Per Conti è stato semplice" proseguì Ganz. "Il suo doppiogioco per i titini era palese, il suo comportamento sempre coerente. Tu invece sei un punto interrogativo per me. Non lavori per gli jugoslavi perché il tuo contributo è stato decisivo nel portare a termine la missione. Non solo, hai insistito per neutralizzare la base militare arrecandogli un enorme danno. Ma è altrettanto chiaro che qualcuno di loro ti ha aiutato all'interno del bunker. Chi ti ha fatto uscire dalla prigione? Chi ti ha indicato i punti sensibili della base? Come sapevi dov'erano l'armeria e la sala con gli impianti radioelettrici?

L'hai detto tu stesso, nessuno al di là del confine sa di questa base... E poi, chi ti ha fatto uscire dalla sala riunioni? Ti ho lasciato con due mitra puntati alla gola. Con chi hai confabulato prima di lanciare quelle granate all'uscita della base?"

Lazzi prima di rispondere si guardò attorno con evidente nervosismo. "Non so di cosa stai parlando... Angleton non si fida di te e mi ha dato l'incarico di ucciderti a missione compiuta."

"Ne dubito fortemente. Il tuo amico americano prima di partire mi ha confidato il sospetto che qualcuno del commando fosse una spia dei rossi e mi ha dato l'incarico di scovarlo ed eliminarlo. Con Conti pensavo di aver completato il lavoro, ma mi sbagliavo. Per chi lavori? Chi ti ha aiutato nel bunker?"

"È una spia dei sovietici!" eruppe una voce dal basso, in sloveno.

Ganz si voltò.

Era Radich ad aver parlato. Il volto stravolto. Le lacrime agli occhi rossi e acquosi, inchiodati su Lazzi. "Come avete potuto farci questo? Siamo fratelli, combattiamo per la stessa causa..."

"Ma certo!" esclamò Ganz. "Ora è tutto chiaro. È l'ufficiale siberiano che ti ha aiutato nel bunker. Lui era sempre presente nei momenti chiave. Nella prigione ti ha interrogato prima del nostro arrivo. Ti puntava il mitra nella sala riunioni prima dell'esplosione. È con lui che parlavi prima di gettare la bomba all'uscita... E così sei una spia dei sovietici. Ma perché avete aiutato gli americani nella missione? Non capisco. Che interesse ha l'Unione Sovietica nel colpire un suo alleato?"

Lazzi non rispose, sempre più cupo e nervoso, con gli occhi che balenavano in ogni direzione.

Ganz avvicinò la canna della pistola alla tempia del capitano. "Parla cane, o ti faccio subito saltare le cervella!"

Quello non cedette e irrigidì il volto.

Ganz, con una mossa repentina, abbassò la pistola ed esplose un colpo che rimbombò nella grotta come fosse una bomba.

Lazzi si accasciò a terra con il braccio sinistro insanguinato.

"Se non parli ti lascerò qui vivo con sei pallottole in corpo."

"Hai vinto tu, parlerò" ringhiò quello stringendosi il braccio ferito. "Ma prima fammi sistemare meglio."

Lazzi si trascinò a fatica alcuni metri sulla destra, allontanandosi da Radich e Jana, fino a raggiungere la parete opposta della grotta e poggiare la schiena sulla roccia.

"Forza parla" incalzò Ganz che non lo perdeva di vista, pronto a finirlo al primo passo falso.

L'altro si schiarì la gola. "Stalin non tollera più la politica avventuristica e aggressiva di Tito… L'obiettivo prioritario di Mosca è affermare e consolidare i regimi comunisti nell'Europa orientale già sotto la sua influenza, per crearsi una cintura di sicurezza al confine occidentale. Mentre l'imperialismo straccione e velleitario di Tito, con le sue smisurate mire territoriali, minaccia gli interessi sovietici. Primo, perché destabilizza l'equilibrio europeo raggiunto con Londra e Washington, rischiando di far esplodere un altro conflitto mondiale che in questo momento sarebbe deleterio per Mosca. Secondo, perché quel tagliagole balcanico si è montato la testa, sfida l'autorità di Stalin, si pone come guida alternativa del comunismo europeo. Così a Mosca hanno pensato bene di usare gli americani per abbassare la cresta a Tito. L'Unione Sovietica non ha alcuna intenzione di provocare una guerra civile in Italia come in Grecia, e Togliatti, a differenza di quel megalomane croato, esegue alla lettera le indicazioni di Stalin."

"Quello che mi racconti è sconcertante" sussurrò Ganz. "Nessuno in Occidente ha idea di questo conflitto strisciante nel blocco comunista."

"Te l'ho detto solo perché non potrai riferirlo a nessuno. E poi dovevo guadagnare tempo e distrarti…"

Ganz trasalì e tentò di girarsi, ma non fece in tempo.

Un dolore atroce al capo. La mente confusa. La vista appannata.

Ganz impiegò alcuni minuti per realizzare di trovarsi a terra sulla nuda roccia, le mani e i piedi legati.

Gli occhi, lentamente, misero a fuoco un uomo seduto a pochi metri da lui. Riconobbe la fisionomia di Radich. Quindi, poco distanti, altre due ombre. Jana stava medicando il braccio di Lazzi.

Ganz tentò di forzare la corda che gli legava i polsi, ma era ben stretta.

D'un tratto Jana si alzò e lo raggiunse, gettandogli in faccia il fascio luminoso della torcia.

"Jana, anche tu..." sospirò Ganz.

Quella senza dire una parola gli sferrò un calcio nello stomaco.

Ganz si raggomitolò e rantolò per il dolore.

"Questo per tutti i compagni che hai ucciso, bastardo di un nazista."

"Tutto falso..." farfugliò Ganz, "tutto falso quello che mi hai raccontato di te..."

"No, è quasi tutto vero. Ti ho solo omesso qualcosa. La mia fede comunista è rimasta salda anche dopo la morte di mio fratello e dei miei genitori. L'odio e la voglia di vendetta nei confronti di Tito e i suoi scagnozzi li ho messi al servizio dell'Unione Sovietica, la vera patria del comunismo. Sono diventata un'agente dell'NKVD e su loro indicazione mi sono poi offerta come informatrice ai servizi occidentali, per fare il doppio gioco."

"Quel pomeriggio, nella casa dei contadini... era solo una recita."

Jana scoppiò a ridere. "No, mi è piaciuto... ma è stato solo sesso. Cosa pensavi, che potessi provare qualcosa per un nazista?"

La voce di Lazzi, rabbiosa e perentoria, impedì a Ganz di replicare. "Jana, fai alzare quei due e portali qui."

La ragazza tagliò le corde che legavano i piedi di Ganz e Radich, li aiutò a mettersi in piedi e, col calcio del mitra, li sospinse verso Lazzi, in piedi nei pressi del foro di uscita.

Era l'alba. Dall'ingresso della foiba, dieci metri sopra di loro, penetrava un leggero bagliore.

"Qui le nostre strade si separano" esordì Lazzi.

Radich sbiancò. "Senza di me non riuscirai mai a passare il confine!"

"Sono costretto a correre il rischio" rispose Lazzi. "Ieri sera dovevi tacere. Sai troppe cose. Sei più pericoloso che utile…"

L'altro fece un passo verso Lazzi e cercò di argomentare ancora, ma non fece in tempo. Gli occhi si dilatarono e dalla bocca uscì un gemito soffocato, seguito da un fiotto di sangue scuro.

Lazzi estrasse il pugnale dalla pancia del colonnello sloveno e lo spinse nella profondità della foiba.

Un lungo e straziante lamento; interrotto, dopo pochi interminabili secondi, da un tonfo sordo.

"Non è poi così profonda" commentò Lazzi gettando lo sguardo verso il buco nero che si apriva ai suoi piedi.

Si voltò poi verso Ganz.

"Ora è il tuo turno. Mi hai sparato al braccio, brutta testa di cazzo, ma devo riconoscere che senza di te non avremmo mai portato a termine la missione. Hai reso un buon servizio e, se fai il buono, ti garantisco una morte rapida. Scusa se non uso la pistola, ma stiamo per uscire e non voglio rischiare di allarmare i nostri amici jugoslavi."

Ganz, lo sguardo impassibile, fece un passo verso Lazzi che nella destra brandiva il pugnale insanguinato.

Jana era dietro di lui con il mitra spianato.

Lazzi affondò con decisione la lama verso la gola di Ganz, ma quello che trovò fu solo aria.

L'altro, intuendo la traiettoria del colpo, aveva piegato il busto all'indietro sul lato destro, per poi buttarsi in avanti con tutto il suo peso.

La spalla destra di Ganz colpì Lazzi come un ariete.

Quest'ultimo, sbilanciato dal colpo inferto nel vuoto e con il braccio sinistro inerte per la ferita della sera precedente, fu investito in pieno da Ganz e senza poter fare resistenza precipitò nella voragine sottostante.

Ganz non poté né volle arrestare il suo slancio, e seguì Lazzi nel profondo oscuro della foiba; ma, con un potente colpo di reni, nonostante le mani legate, riuscì ad afferrare la corda, a cui avvinghiò subito le gambe.

Capitolo 18

Le mani bruciavano, la testa girava e forti conati di vomito lo scossero da capo a piedi. Quel terribile lezzo di carne putrefatta gli aveva riempito di nuovo gola e narici.

Ganz alzò lo sguardo.

Era appeso alla fune, cinque sei metri al di sotto della caverna dove la sera precedente si erano rifugiati. Sopra di lui il cerchio irregolare e luminoso della foresta rischiarata dai primi raggi dell'alba. Sotto il buio.

La corda oscillò.

Alzò ancora gli occhi e controluce vide due braccia che armeggiavano: Jana stava tagliando la corda.

Il sangue gli gelò nelle vene.

La mente, in automatico, come accadeva ogni volta che si trovava in situazioni di pericolo, iniziò a valutare rapidamente la soluzione migliore da adottare, ma fu inutile.

Jana fu rapida e la caduta nel vuoto di Ganz riprese, improvvisa e inarrestabile.

Limitare i danni. Era l'unica cosa da fare. Per quanto possibile, mantenne una posizione verticale, si rannicchiò e piegò le gambe.

L'impatto col suolo arrivò velocissimo, dopo pochi secondi; ma fu dolce, decisamente e inaspettatamente dolce.

I suoi scarponi sprofondarono in una poltiglia densa e appiccicosa, tra gorgoglii e scricchiolii, indefinibili e inquietanti. Tutt'attorno, il buio assoluto e l'odore violento e inconfondibile di carne putrefatta. Ma Ganz non ebbe tempo di pensare, perché una scarica di pallottole, sparate da pochi metri, gli fischiò attorno, rimbalzando rumorosamente sulla roccia.

I bagliori delle detonazioni lo guidarono, e d'istinto, senza sapere di esser stato colpito o meno, si gettò verso l'arma che aveva sparato; mentre dalla sua gola scaturiva un urlo rauco e terribile, dell'animale che brama il sangue e lotta per la vita.

Gli avambracci di Ganz, incrociati e ancora legati dalla corda, impattarono contro Lazzi che, per il colpo violento e inaspettato, perse la pistola, inghiottita dal buio.

I due caracollarono a terra, tra il viscido e nauseabondo putridume del fondo della cavità carsica. Lazzi, sfruttando il suo fisico possente, mise sotto l'avversario e con il braccio sano cominciò a tempestarlo di pugni. Quello si riparò il volto, ma vari colpi lo raggiunsero più in basso, al torace, togliendogli il respiro. Ganz sentì avvicinarsi la fine. Allora attinse alle energie più recondite, quelle che scaturiscono dall'angoscia della morte: riuscì a inserire le ginocchia tra sé e Lazzi, e, con un violento calcio, a respingerlo e gettarlo indietro. Un potente colpo di reni e in un baleno Ganz fu sopra Lazzi, spalancò la bocca e gli addentò la gola, con tutta la sua forza, ringhiando come un cane. La mascella si serrò come una morsa e i denti affondarono nella carne. L'altro reagì con rabbia disperata e investì la testa di Ganz di pugni, ma quello non mollò, e i pugni persero rapidamente vigore e precisione. Il volto di Ganz fu inondato di sangue, un fiotto denso, caldo e dolciastro che usciva copioso dalla gola maciullata di Lazzi. Un rantolio lungo e soffocato, uno spasmo convulso e violento, e il capitano italiano cessò di vivere.

Ganz rimase disteso a pancia in su per un tempo imprecisato. Lo sguardo perso nel tondo irregolare della foresta, a una ventina di metri sopra di lui. Il respiro grosso e irregolare. La bocca, le narici, la gola impiastrate del sangue di Lazzi.

Sputò un brandello di carne e si mise a sedere. No, non poteva finire così. Doveva uscire da quel putrido buco. Subito. Con le mani ancora legate tornò sopra il corpo di Lazzi e, tastando alla cieca, frugò avidamente nella sua giacca. Eccola! L'intuizione era corretta. Lazzi aveva con sé la torcia elettrica.

L'accese e un brivido gli attraversò la schiena. Lo aveva intuito, lo aveva immaginato, lo aveva sentito; ma vederlo era un altro paio di maniche: il fondo della cavità, una trentina di metri quadrati, era interamente ricoperto da una massa informe di carne umana in putrefazione, frammista a ossa, ciuffi di capelli e brandelli di indumenti. Decine di cadaveri, ammassati gli uni sugli altri, imbottiti di vermi, deformi e spaventosi, che di umano non avevano più niente.

Gli vennero le vertigini, la vista si appannò, cadde sulle ginocchia, vomitò. L'inferno, se c'era, doveva essere più o meno così. Gli tornarono alla mente alcuni brani della Divina Commedia. Li scacciò con rabbia dalla mente e strinse i pugni: "Forza! Forza! Forza!" sibilò a denti stretti. Non doveva abbattersi, non doveva distrarsi, doveva solo pensare a uscire fuori. Il resto non contava.

Afferrò di nuovo la torcia e la fece balenare sul tappeto di cadaveri, sino a inquadrare la pistola e poi il pugnale di Lazzi.

"Finiscimi, non lasciarmi qui..."

Ganz ebbe un sussulto, si voltò di scatto e la torcia inquadrò un'ombra appoggiata alla parete rocciosa della foiba.

Radich era ancora vivo.

Lo osservò per alcuni istanti. Aveva le mani premute sulla pancia, dove Lazzi aveva affondato il pugnale. Il volto cereo, gli occhi infossati.

"Questa è opera vostra" disse Ganz, in modo pacato, ma fermo, che non ammetteva repliche.

"La pistola… ho contato cinque colpi. Ce ne sono ancora due, uno per me e uno per te."

Ganz scoppiò a ridere, di un riso sguaiato e liberatorio.

"Ogni soldato, prima o poi, deve rendere conto delle proprie vittime, intendo quelle innocenti. Oggi è il tuo turno. Hai un'occasione unica, per riflettere sui tuoi crimini e chiedere perdono direttamente a loro. Sei fortunato…"

"Ma che dici!? Sei impazzito?" sbraitò Radich.

"Tra voi comunisti e i nazisti non c'è alcuna differenza" proseguì Ganz. "Edificate le vostre società inumane e folli sul sangue e sul terrore. L'unica differenza è che i nazisti hanno perso la guerra e saranno crocifissi per quello che hanno fatto, mentre voi, che siete i vincitori, la passerete liscia e sui vostri crimini sarà steso un velo di giustificazioni. I libri di storia sono scritti dai vincitori. Gli sconfitti non hanno voce."

"Il futuro è nostro. I popoli slavi sotto la bandiera del comunismo domineranno l'Europa."

"Siete dei selvaggi sottosviluppati. Non combinerete nulla, come è sempre stato. Non è ancora finita la guerra e già avete iniziato a scannarvi come cani rabbiosi. Inglesi e americani, quando sapranno dello scontro tra Tito e Stalin, si faranno delle grasse risate e daranno un tozzo di pane a voi slavi del sud per tener testa ai sovietici."

"Tito ci ha dato la libertà e, con o senza Stalin, guiderà il popolo jugoslavo verso un avvenire di progresso, prosperità e grandezza. Diventeremo lo stato egemone dei Balcani e dell'Europa meridionale. Estenderemo i nostri confini. Trieste, Gorizia,

Monfalcone, Udine entreranno nella Federativa jugoslava."

"Sono nato e vissuto in mezzo a voi. Vi ho combattuto per quattro anni. So di cosa parlo. La Jugoslavia di oggi, come quella di ieri, è un'accozzaglia mal assortita di popoli selvaggi con lingua religione culture diverse, che da secoli si sgozzano tra loro con bestiale ferocia. Oggi Tito vi tiene uniti sotto un regime di terrore cementato dallo slavo comunismo e dall'odio verso italiani e tedeschi, che da sempre vi dominano. Ma è solo una parentesi. Ben presto, non appena se ne presenterà l'occasione, tornerete a scannarvi come e più di prima. Il vostro destino, la vostra natura, è quella di popoli irrilevanti e asserviti."

Dopo queste parole Ganz ignorò il colonnello sloveno che, sempre più disperato e irritato dall'indifferenza dell'altro, continuava a piagnucolare, sbraitare, supplicare, bestemmiare. Un unico pensiero martellava la testa di Ganz: come uscire dal quel buco infernale.

Strinse il manico del pugnale tra gli scarponi e tagliò la corda che gli legava le mani. Quindi con la torcia esplorò attentamente le pareti della foiba: verticali per i primi tre o quattro metri e senza significativi punti di appoggio. Sembrava un muro di cemento. Una scalata con le mani era improponibile.

L'attenzione di Ganz si indirizzò verso una roccia sporgente a circa quattro metri dal fondo, sormontata da possenti stalagmiti. Pareva la coda di un dinosauro con enormi aculei. L'unico modo per uscire era raggiungere quella roccia.

Si guardò attorno. La corda caduta con lui era abbastanza lunga, ma non a sufficienza. Aveva bisogno di un'aggiunta. Gli stracci dei cadaveri erano completamente marci e non avrebbero retto il suo peso. Improvvisamente la torcia illuminò un filo rugginoso. Ganz si chinò, lo afferrò e tirò. Una parte considerevole delle carcasse si mosse assieme al filo e alcuni arti si strapparono dai tronchi. Quei disgraziati erano stati legati assieme prima di essere gettati nella foiba, probabilmente ancora vivi.

Ganz si fece coraggio e liberò il filo di ferro dai cadaveri. L'operazione era quanto di più schifoso potesse capitare, ma non fu né faticosa né difficile. I corpi erano infatti talmente disfatti che si sfaldavano al solo toccarli.

Il filo, benché rugginoso, era lungo e ancora resistente. Formò un cappio e lo fissò alla corda. Tentò così il primo lancio verso le stalagmiti, che però fallì miseramente.

La corda era troppo leggera per volare quattro metri in alto, e poi una fitta dolorosa al braccio sinistro lo aveva sbilanciato e indebolito durante il lancio.

Si tastò nel punto della fitta e solo allora si rese conto di essere stato colpito da una delle pallottole di Lazzi. Sudò freddo e controllò immediatamente la ferita. Ringraziò Dio, era solo di striscio. Raggiunse il cadavere del capitano italiano, strappò un lembo della sua giacca e lo legò stretto attorno alla ferita.

In tutto quel putridume dov'era immerso, rifletté Ganz, se non avesse raggiunto quanto prima un ospedale per curarsi e disinfettare la ferita, sarebbe sicuramente morto per un'infezione o quantomeno avrebbe perso il braccio.

Una ragione in più per sbrigarsi.

Desiderò ardentemente una sigaretta. Per rilassare i nervi, ingannare la fame, attenuare l'odore di lercio che gli ammorbava le vie respiratorie. Infilò la mano malferma nella tasca della giacca, frugò nel pacchetto e ne tirò fuori una. Era fradicia e gli si smembrò in bocca prima ancora di trovare i fiammiferi. La sputò e imprecò.

La sua mente riprese fervidamente a lavorare. Doveva trovare un peso da attaccare alla cima della fune per dare più forza al lancio.

La pistola e il coltello non erano pesanti abbastanza... Non aveva scelta. Afferrò un cadavere a caso e gli strappò la testa. La ripulì alla meno peggio e la riempì di pietre staccate dalle pareti e stracci; quindi, tramite il foro del bulbo oculare, legò il teschio imbottito alla corda, in prossimità del laccio di ferro.

Gli ci vollero quattro tentativi, prima di inanellare una delle stalagmiti.

Come supponeva, Jana aveva lasciato lo zaino e le armi nella grotta. Non aveva senso portarsele dietro. Meno scontato era che non avesse gettato gli otturatori.

Jana – rifletté Ganz – doveva esser risalita in superficie subito dopo averlo fatto precipitare nella foiba. Aveva pensato bene di lasciare lui e Lazzi a scannarsi in quel buco e dileguarsi quanto prima nella foresta. Non aveva previsto che uno di loro poteva riemergere dagli inferi. Ulteriore prova era la corda usata per risalire lasciata al suo posto.

Quella donna lo aveva completamente fatto fesso. Si era dimostrata una commediante di prim'ordine. Con la sua triste storia e quei falsi moralismi, lo aveva intenerito e piegato ai suoi scopi, facendogli perdere lucidità di analisi e giudizio. La guerra lo aveva reso diffidente e cinico nei rapporti umani, e difficilmente si sbagliava in modo così grossolano nel giudicare una persona com'era avvenuto con Jana. L'unica consolazione era di non essere l'unica vittima. La ragazza slovena aveva ingannato tutti. Gli americani, gli jugoslavi e persino il suo compagno Lazzi. Non aveva avuto esitazione ad abbandonarlo al suo destino. Ganz dovette riconoscere che aveva avuto a che fare con una vera professionista, fredda e spietata, come si richiede a un agente operativo dei servizi segreti.

Ma non aveva tempo per biasimarsi. Niente era ancora perduto. Aveva fatto quanto gli era stato richiesto, Angleton poteva ritenersi soddisfatto. I comunisti italiani al soldo degli jugoslavi erano stati eliminati e la spia jugoslava smascherata. In più, avevano distrutto quel bunker segreto di Tito, come aveva sostenuto Lazzi, una temibile testa di ponte per la penetrazione politica e militare jugoslava nella pianura padana. E poi c'era l'incredibile retroscena dell'intervento dei sovietici per bloccare segretamente le ambizioni di Tito. Ganz aveva riflettuto sull'intera vicenda e non poteva che concordare con quanto sostenuto da Radich. Era stata l'NKVD stessa, tramite l'azione combinata dei due agenti infiltrati nei servizi americani in Italia e in Slovenia, Lazzi e Jana, a favorire l'operazione di commando; operazione che, d'altro canto, non sarebbe mai riuscita senza il fattivo sostegno dei due ufficiali sovietici presenti nella base. Ganz stentava a crederlo: i rapporti tra Stalin e Tito erano sull'orlo della rottura, il blocco comunista era tutt'altro che solido; e nessuno in Occidente ne aveva il minimo sentore.

Notizie straordinarie, che però rischiavano di soccombere con lui se non fosse riuscito a raggiungere la zona americana senza farsi catturare dai titini.

La priorità era portare il culo oltre il confine e consegnarsi agli americani, tutto il resto veniva dopo.

Ganz recuperò l'MP 40, vari caricatori e la feldspaten. Da una borraccia si versò un po' d'acqua sulle mani e si stropicciò con energia il volto e i capelli, incrostati di fango e sangue. Quindi recuperò il suo fedora, gelosamente custodito nella tasca interna della giubba e, dopo essersi ravviato i capelli, se lo calzò in testa. Non aveva più bisogno di mascherarsi da titino. Era pronto a sostenere l'ultimo sforzo, quasi certamente il più duro. Col sottofondo del lamento di Radich, sempre più disperato e debole, afferrò la corda e risalì in superficie.

Capitolo 19

Ganz aveva i polmoni in gola, il cuore gli esplodeva, le gambe non le sentiva più, ma continuava a correre tra gli arbusti, con la forza della disperazione.

Dietro di lui sentiva il latrato dei cani e le urla degli jugoslavi. Gli erano alle costole, ormai da quasi mezz'ora.

Stremato, si lasciò cadere sulle ginocchia.

Ora più che mai avrebbe avuto bisogno del Pervitin; ma aveva perso il tubetto di pasticche durante la colluttazione con Lazzi e la dose assunta la sera precedente aveva ormai finito il suo miracoloso effetto. Anzi, ora stava accusando la botta che regolare arrivava dopo l'uso: un mix di spossatezza e sconforto. Un vero e proprio tracollo psicofisico che sarebbe durato giorni.

Gettò un grido di stizza e attinse alle ultime energie. Quindi impugnò la vanga e scavò l'ennesima fossa, pur conscio che era molto difficile sfuggire all'olfatto di cani ben addestrati.

Usando tutte le accortezze possibili, era arrivato in prossimità della linea Morgan. Procedeva carponi, con estrema lentezza, in assoluto silenzio. A ogni piccolo rumore, si arrampicava su un pino o si scavava una fossa nella terra umida del sottobosco. Rimaneva immobile per ore, in attesa che i soldati jugoslavi lo sorpassassero, e poi continuava ad avanzare, imperterrito, verso occidente. Aveva impiegato l'intera giornata per fare pochi chilometri, ma era l'unico modo per evitare le numerose pattuglie che battevano la foresta. Tutto era andato liscio, fin quando, ormai vicino alla zona controllata dagli americani, non erano arrivati i cani.

Lo scovarono quasi subito. Tre pastori tedeschi, enormi, feroci.

Non aveva scelta. Uscì dalla fossa dov'era seppellito e li affrontò. Doveva sbarazzarsene prima dell'arrivo dei loro padroni e senza armi da fuoco, per non richiamare l'attenzione delle centinaia di soldati sparsi lì attorno nella foresta.

Si fronteggiarono per alcuni interminabili minuti.

Lui, immobile, i muscoli tesi, lo sguardo allucinato nella faccia sporca di fango e striata di sudore.

I tre cani gli giravano attorno, ringhiando, la bava alla bocca, le orecchie basse, gli occhi di un giallo freddo e penetrante. Erano cani addestrati. Non cercavano il sangue, né lo scontro. Il loro compito era tenerlo lì inchiodato fino all'arrivo dei padroni. Lo avrebbero aggredito solo se avesse tentato la fuga.

Fu lui, così, ad attaccare.

Si tolse la giacca, se l'arrotolò al braccio sinistro e infilò il pugnale nel cinturone; quindi impugnò a due mani la feldspaten e, strisciando i piedi sul terreno, si avvicinò di lato al cane sulla destra. Il tutto lentamente, molto lentamente, per non allarmare le tre bestie.

Arrivato a pochi metri dal pastore tedesco, strinse saldamente il manico della vanga e si piegò leggermente sulle ginocchia, con i piedi ben saldi a terra. Chiuse poi gli occhi e trattenne il respiro, per raccogliere le forze e trovare la concentrazione.

Quindi, improvvisamente, fece un balzo alla sua destra e con la vanga lasciò partire un fendete diretto al cranio del cane lupo. Quello, con un guizzo di lato, riuscì a togliere la testa dalla traiettoria, ma la lama della vanga affondò comunque nel dorso dell'animale, sopra la gamba anteriore destra.

Il cane, tra disperati guaiti, si afflosciò a terra con la zampa destra penzoloni e fiumi di sangue che gli sgorgavano dallo squarcio.

Ganz sapeva di essersi scoperto e di dover subito respingere la reazione degli altri due cani; così da terra, dov'era finito nello slancio, si voltò immediatamente con la vanga impugnata in orizzontale davanti al busto. Appena in tempo per arrestare le fauci di uno dei due cani rimasti, che si avvinghiò sul corto manico di legno. L'altro tentò di azzannare le gambe, ma Ganz riuscì a tenerlo a bada mulinando gli scarponi e colpendolo più volte sul muso. Il cane, allora, puntò anche lui al collo.

Ganz riuscì per un soffio a coprirsi il volto con il braccio sinistro ancora impegnato a sorreggere la vanga su cui si accaniva l'altro pastore. L'animale addentò così il braccio sinistro di Ganz, quello avvolto nella giacca, che solo in parte attenuò la micidiale morsa del cane: i denti sfondarono i tessuti e penetrarono nell'arto con dolori lancinanti.

La situazione era disperata e senza vie di sbocco. Ganz non poteva resistere a lungo e, pur di non essere sbranato vivo da quei due demoni, desiderò l'arrivo dei soldati jugoslavi.

La spinta del cane che mordeva il manico della vanga aumentava in modo vertiginoso; e mentre con le zampe anteriori, dopo aver strappato la camicia, scavava atroci ferite al torace di Ganz fiaccandone la resistenza, le sue fauci si avvicinavano sempre più inarrestabili al volto dell'italiano. Ma improvvisamente, senza che Ganz riuscisse a incrementare la sua pressione, la spinta del cane si arrestò. Ganz con la coda dell'occhio vide che la vanga, nell'arretrare sotto la spinta del pastore tedesco, aveva trovato sulla destra la resistenza del corpo dell'altro cane, quello disteso agonizzante a terra.

Ganz colse al volo l'occasione. Sfruttando l'inattesa stampella che gli sorreggeva la pala sulla destra, poté liberare il braccio e farlo scivolare lungo il busto, sino al pugnale.

Strinse così con tutta la sua forza il manico del pugnale e affondò la lama nella pancia pelosa della bestia, tirando verso l'alto.

Un guaito soffocato e il cane si afflosciò sopra di lui con lo stomaco sventrato. Ganz non perse tempo. Il coltello ben saldo in pugno, con un poderoso colpo di reni tese un arco sopra il cane sventrato disteso su di lui, fino a raggiungere l'occhio sinistro dell'ultimo pastore tedesco rimasto. Il pugnale penetrò in profondità nel cranio della bestia tramite il bulbo oculare, rimanendovi conficcato.

Ganz era esausto e dolorante, ma non aveva tempo. In lontananza udiva distintamente il latrato di altri cani e le grida in sloveno dei loro padroni. Nell'arco di pochi minuti lo avrebbero raggiunto.

Si scrollò di dosso le carcasse dei due animali e, tutto sporco di fango misto a sangue e brandelli di interiora di cane, con il braccio sinistro indolenzito e ferito per il morso, riprese la sua marcia verso occidente.

Ma dopo mezz'ora di corsa disperata non aveva più energie. La testa gli scoppiava, avvertiva distintamente il pulsare del sangue. La vista era appannata. Non riusciva più a muovere il braccio sinistro che gli penzolava inerte sul fianco. Le gambe erano intrappolate negli scarponi invischiati di fango e pesanti come macigni. Inciampava continuamente e sempre con maggiore difficoltà trovava la forza di rialzarsi e proseguire.

Neanche li sentì quando lo assalirono da dietro.

Quattro cani, due pastori tedeschi e due bastardi neri dal pelo corto.

Caracollò a terra con la faccia nel fango.

Era finita, ma voleva togliersi un'ultima soddisfazione.

Non aveva mai sopportato i cani. Ne odiava l'odore, il pelo, tutto. Soprattutto odiava i pastori tedeschi. Quando militava nelle Waffen SS più volte li aveva visti infierire contro i prigionieri di guerra e ne era rimasto disgustato.

Così imbracciò l'MP 40 e li falciò senza pietà. In ginocchio, il mitra impugnato nella sola mano destra, svuotò l'intero caricatore sulle quattro bestie e provò un sadico piacere.

Quindi chiuse gli occhi alzando il volto al cielo, e rimase in quella posizione, immobile, come in trance; mentre la pioggia, che aveva ripreso a cadere fitta e sottile, gli accarezzava il viso e le membra, sciogliendo la coltre di sangue e terra che lo avvolgeva da capo a piedi.

Passò del tempo. Ganz non saprebbe dire quanto, ma quando riaprì gli occhi, attorno a lui e ai quattro cani maciullati, scorse le sagome sfocate di decine di soldati jugoslavi avvolti da lunghi cappotti color terra e i fucili spianati. Strizzò gli occhi per mettere meglio a fuoco le immagini, ma non vi riuscì.

"La tua corsa è finita, camerata."

Ganz riconobbe la voce di Conti.

"Dove sono gli altri? Radich, la donna e l'altro italiano?"

Anche quella voce stridula e arrogante era inconfondibile.

Il capitano Lakovič era proprio sopra di lui. Sentì gli schizzi della sua saliva colpirgli il volto.

Qualcuno gli sfilò il mitra, ancora stretto nella destra, e gli legò le mani dietro la schiena. Una fitta atroce gli partì dal braccio sinistro e gli sfondò quasi il cervello.

"Parla, dannato figlio di puttana o ti sgozzo qui, subito!" continuava Lakovič.

Si sentì afferrare per i capelli e un oggetto freddo e duro gli serrò la gola.

Ganz era pronto a morire, non aveva niente da dire o da chiedere. Era ancora giovane, ma aveva vissuto i suoi anni intensamente, senza mai tirarsi indietro, con onore e coraggio, come si addice a un soldato. Perché lui, dopotutto, non era stato che quello, un soldato. Dopo il liceo, diciottenne ancora imberbe, si era arruolato e aveva passato gli ultimi sei anni della sua vita a combattere. Aveva sofferto tanto e aveva dato tanta sofferenza, ma quella era la guerra; e tutto quello che aveva fatto, lo aveva fatto per l'Italia, i concittadini, la famiglia, gli amici. Era per loro che aveva seviziato, ucciso, incendiato, distrutto. Ma ora era rimasto solo: aveva perso tutti i cari, stroncati dalla guerra, la sua città, devastata dai bombardieri alleati e conquistata dagli slavi, la patria, che lo aveva rinnegato. Gli erano rimasti solo i ricordi, che ogni notte lo tormentavano. Da anni non dormiva più. Se ne stava sveglio tutta la notte e sognava, pensava, aveva visioni. La madre, la moglie, il figlio mai nato, le persone che aveva incontrato e visto morire, quelle che aveva ucciso con le proprie mani o con un ordine. Era una cosa che non poteva evitare, come una pallottola sparata a bruciapelo.

Forse era meglio così, farla finita una volta per tutte. Avrebbe raggiunto la famiglia e i camerati, ovunque si trovassero. Aveva perso la guerra, l'Italia era stata sconfitta e umiliata; e nel nuovo mondo governato da anglosassoni e slavi non c'era posto per lui. Ci aveva provato a chiudere col passato, a ricostruirsi una vita; ma aveva fallito.

Richiuse gli occhi, rilassò i muscoli e attese con rassegnazione la morte, mentre le grida stridule di Lakovič si dissolvevano nel ritmico rassicurante brusio della pioggia; fin quando la foresta fu improvvisamente scossa dal rabbioso crepitio di armi automatiche.

Capitolo 20

Regno d'Italia
Governatorato di Dalmazia, città di Zara

1943, 28 novembre, 10:03

Tra gli sguardi schifati del caporale tedesco di guardia, mi stravaccai sulla panca. Slacciai due bottoni della giacca, poggiai il MAB al muro e, con la bustina calata sugli occhi, misi le mani dietro la testa allungando le gambe.

La panca era appoggiata al muro di un corridoio alto, buio e umido, ma negli occhi avevo ancora la luce tiepida e azzurra di quella splendida giornata di fine novembre.

Me l'ero presa comoda e per raggiungere la sede del comando tedesco, nella Casa Littorio, avevo costeggiato tutto il lungomare cittadino. Erano due settimane che mancavo da Zara e sentivo un bisogno viscerale di trovare conforto e serenità negli scorci familiari della mia città. La giornata primaverile aveva assecondato i miei desideri. Mi ero soffermato più volte lungo la Riva Nuova, in estasi, tra il blu intenso del mare appena increspato dal maestrale e la città coi suoi palazzi bianchi, le chiese antiche, gli eleganti caffè, i parchi rigogliosi, le calli strette dense di case, laboratori e botteghe. Era domenica e il lungomare era affollato di gente, intere famiglie a godere dell'ultimo sole prima dell'arrivo dell'inverno. Avevo preso un tramezzino al Caffè Garibaldi e scambiato qualche parola con gli avventori. La città era piccola, ci conoscevamo tutti. In molti, tra pacche sulle spalle e sorrisi di incoraggiamento, chiedevano notizie sui combattimenti contro i drusi al di là della cinta difensiva; volevano offrirmi da bere e brindavano al motto zaratino di «fora la cavre!»[2].

La guerra sembrava lontana, impossibile, in mezzo a quella bellezza, frutto della più armonica intesa tra l'ingegno dell'uomo e la perfezione della natura.

I miei concittadini erano consapevoli di questa lontananza e, nonostante la disfatta dell'8 settembre e la guerriglia che infuriava in tutta la Dalmazia fino alle porte della città, tiravano avanti le loro attività quotidiane con l'abituale solerzia. Eravamo gente tosta, noi zaratini. Italiani discendenti degli antichi coloni veneti, da sempre abituati a vivere lontani dalla madrepatria, tra i pericoli della frontiera, circondati da razze ostili e nemici feroci, fossero turchi, austriaci o slavi.

Del resto, la guerra ci aveva appena sfiorati. Due bombardamenti. Prima quello dell'aprile del '41,

---

[2] Motto in dialetto veneto coloniale che significa: "fuori da Zara le capre", cioè i croati.

durante il breve conflitto con lo scalcinato Regno di Jugoslavia. Poi quello ben più cruento del 2 novembre di quest'anno, per opera delle fortezze volanti alleate. Ma, seppelliti i morti e sgomberati i calcinacci, la vita era ripresa come prima. Il Regno di Jugoslavia si era sciolto come neve al sole e gli Alleati non potevano avere nessun interesse a bombardare Zara. Tutti eravamo convinti che quello del 2 novembre fosse stato un caso isolato, un errore. La città non aveva alcun valore strategico per gli Alleati. Lontana dalle principali linee di rifornimento dei tedeschi sul fronte balcanico e italiano. Priva di industrie militari. Con un porto piccolo e limitato. Occupata da un ridicolo presidio della Wehrmacht. Una piccola Venezia sull'altra sponda dell'Adriatico.

Fissavo spazientito la porta chiusa presidiata dal caporale crucco. Non avevo idea del motivo di questa convocazione e la cosa, a dir la verità, mi lasciava indifferente. Quanto a inutili adempimenti burocratici, la Wehrmacht non era diversa dal defunto Regio Esercito. Non vedevo l'ora di passare da casa per abbracciare Silvia e vedere se il pancione era cresciuto ancora. Ormai mancavano pochi mesi alla nascita del bambino.

A dirla tutta, avrei potuto fermarmi subito a casa, invece di bighellonare per la città; ma non ero mentalmente pronto a sostenere gli sguardi di rimprovero e le battute al vetriolo di mia moglie, che sarebbero immancabilmente seguiti al primo abbraccio.

Silvia non aveva accettato la mia decisione di continuare a combattere dopo l'8 settembre; invece di starmene tranquillo tra le mura domestiche, con la mia famiglia, in attesa che la tempesta passasse. Ogni volta che andavo a casa erano musi lunghi e litigi. Le donne! Per loro è inconcepibile mettere a repentaglio la vita per un ideale, per dei valori. È inutile, non lo capiranno mai!

La porta si aprì di scatto e il caporale sbatté i piedi stringendo il Mauser al fianco. Un'onda di luce intensa investì il corridoio e in mezzo comparve il volto affilato e bianco di un capitano di cui non ricordavo il nome.

"Prego signor tenente Aldo Ganz, si accomodi" esordì quello, sfoggiando il cortese e impeccabile formalismo tipico degli ufficiali germanici.

Con un balzo saltai in piedi, rassettai la giacca e lo seguii nell'ufficio del tenente colonnello Hans Von Schnehen, comandante della 114ª divisione jäger di stanza a Zara.

Non appena i miei occhi si abituarono alla luce abbagliante irradiata dalle due grandi finestre che davano sulla Riva Nuova, scorsi Von Schnehen comodamente seduto su un divano di pelle con un bicchiere in mano. Al suo fianco c'era il colonnello Berger comandante del 721° reggimento, che conoscevo bene per averci più volte combattuto assieme negli ultimi due mesi. La poltrona di fronte era occupata da uno sturmbannführer della SS. Sulla mostrina della giacca aveva cucito il segno runico dell'odal, il simbolo della fedeltà al sangue, il simbolo della famigerata divisione SS Prinz Eugen; quella che dopo l'8 settembre aveva conquistato Spalato fucilando tutti gli ufficiali italiani, rei di aver consegnato armi e città ai drusi. Il crucco aveva un aspetto odioso: gli occhi ravvicinati, le narici scoperte a canna di fucile, i capelli fini lisci e platinati, il volto glabro e inespressivo. Mi bastò uno sguardo per capire che non lo potevo sopportare. Ogni centimetro quadrato del suo corpo, ogni suo atteggiamento, anche il più insignificante, sprigionava superbia e arroganza.

Von Schnehen mi fece segno di sedermi sull'unica poltrona rimasta vuota, quindi indicò il tavolino con sopra una bottiglia di Martini e alcuni bicchieri.

"Grazie signor tenente colonnello, ma non bevo" risposi con l'usuale fastidio che mi procurava rifiutare questo genere di offerte. Condividere l'alcol era un modo di fraternizzare tra camerati e molti diffidavano di chi non beveva.

Berger conosceva i miei vizi e mi allungò un pacchetto di MILIT ancora intatto. Quelle sigarette erano una porcheria, non a caso i nostri soldati le avevano ribattezzate «merda italiana lavorata in tubetti». Io preferivo di gran lunga le Macedonia, dal gusto più aromatico, ma Berger mi rimaneva simpatico e non volevo offenderlo. Così accettai.

Mentre scartavo il pacchetto, l'ufficiale delle SS, sino allora immobile come una statua, tirò fuori dalla giacca un portasigarette d'argento, estrasse una sigaretta, la batté sulla custodia metallica e vi fissò un bocchino d'osso. Il tutto con gesti lenti e studiati.

Non riuscii a trattenere un sorriso di scherno.

Quello alzò gli occhi, due bottoni piccoli e azzurri, e mi squadrò con severità. "Qualcosa non va, signor tenente?"

"No, signor sturmbannführer… è per via del bocchino, io non potrei mai usarlo…" I tre tedeschi mi guardarono stupiti e io non potei frenarmi, quel tipo delle SS mi rimaneva troppo sul culo: "è un po' come scopare col preservativo, ma mentre il preservativo ha una sua indubbia utilità, non ne vedo nel bocchino…"

"Tenente Ganz! Si controlli e si comporti da ufficiale!" sbuffò Von Schnehen, mentre Berger sogghignava.

Il volto dell'ufficiale delle SS rimase impassibile, ma un leggero tremito, subito represso, ne dilatò le narici.

Da parte mia non riuscivo a prendere la situazione sul serio e levarmi dalla faccia quel sorriso ironico e insolente che tanto irritava amici e familiari.

"Lo sturmbannführer Balthasar Kirchner" proseguì Von Schnehen, fissandomi con severità e aprendo una cartellina che aveva in grembo, "è l'ufficiale addetto alle comunicazioni della 7ª divisione da montagna SS Prinz Eugen, ed è qui a Zara proprio per lei."

Il mio sorriso da culo si dissolse e non ebbi più difficoltà ad assumere un'espressione seria.

Von Schnehen estrasse un foglio dattiloscritto dalla cartellina e inforcò il monocolo.

"Tenente Aldo Ganz, nato a Zara il 23 aprile 1922 da madre italiana, Elena Gandin, maestra elementare, ancora in vita e da padre austriaco di Klagenfurt, Kurt Ganz, agente di commercio, deceduto. Sposato con Silvia Lubin, impiegata alle poste, in attesa di un figlio. Conseguita la maturità liceale si arruola volontario nel Regio Esercito e dopo il corso da ufficiale combatte sul fronte africano col XXXI battaglione guastatori. Nel dicembre del '41, durante la seconda battaglia di El Alamein, è ferito e rientra in Italia. Nel febbraio del '42 è inviato sul fronte balcanico. Assegnato alla 158ª divisione fanteria Zara chiede di entrare negli arditi, le truppe speciali antiguerriglia, e vi rimane sino all'armistizio, assumendo più volte il comando di bande četniche in Montenegro e in Croazia. Dal luglio di quest'anno è a capo di una banda VAC ortodossa che opera nella Dalmazia italiana per contrastare le infiltrazioni dei partigiani comunisti. L'armistizio lo coglie in azione lungo la costa a sud di Zara. Mantiene unita la sua banda, rifiuta di consegnare le armi ai partigiani e facendosi largo combattendo, sequestra una barca e raggiunge per mare Zara. Il 9 settembre, di fronte allo sbandamento del Regio Esercito e all'indecisione dei superiori, si presenta di propria iniziativa al comando tedesco e mette a disposizione la sua banda per la difesa della città dai partigiani comunisti. Da allora, sempre al comando dei suoi uomini, partecipa a innumerevoli azioni di controguerriglia al fianco della Wehrmacht. Il qui presente signor colonnello Berger, comandante del 721° reggimento jäger, conferma che l'apporto del tenente Ganz è stato determinante nel contrastare i partigiani e alleggerire la pressione su Zara."

Von Schnehen ripose il dattiloscritto nella cartellina e alzò gli occhi verso lo sturmbannführer Kirchner.

Quello sbuffò una nuvoletta di fumo azzurrognolo, si schiarì la voce e gettò i suoi occhietti su di me. "Secondo le leggi sulla razza del Reich lei è un wolksdeutscher. Suo padre era austriaco, lei parla perfettamente tedesco. I suoi tratti razziali nordici e il suo ardimento in battaglia ne sono una conferma. Quanto all'indisciplina e all'insolenza di cui ha dato prova poc'anzi, sono tipici connotati delle razze inferiori in mezzo alle quali ha vissuto sino ad oggi; ma faremo in modo di raddrizzarla."

"Io sono un dalmata italiano, un ufficiale del Regio Esercito, e ne sono orgoglioso!" esclamai risentito. Sin da bambino avevo represso nell'animo, con tutte le forze, la mia metà germanica. Al principio d'istinto, poi in modo convinto e ragionato. Non c'erano grandi ragioni politiche o filosofiche in questa scelta, ma strettamente umane e familiari: odiavo mio padre e tutto ciò che rappresentava, la sua lingua, la sua cultura, il suo paese.

"Il Reich" proseguì Kirchner con voce calma e impersonale, "ha un grande bisogno di ufficiali capaci di guidare il popolo tedesco verso la vittoria finale e lei non ha più alcun obbligo verso l'Italia. Il Regio Esercito non esiste più. La stessa Italia, intesa come stato unitario dalle Alpi alla Sicilia, non esisterà più. Il giorno della vittoria finale il Reich annetterà tutto il Triveneto ripristinando i confini del 1866 e il popolo italiano, come quello slavo, sarà asservito alla Grande Germania. Se poi dovessimo arrivare a una pace separata con gli Alleati, la penisola sarebbe divisa in due stati, uno al sud dominato dagli inglesi e uno al nord nostro vassallo. Il vero carattere di una nazione emerge nelle prove estreme, come una guerra totale. È evidente che il popolo italiano non ha superato la prova, mostrandosi per quello che è: indegno, vile, debosciato, senza onore; e il suo destino sarà quello di tornare, come nel recente passato, un popolo diviso e asservito. Lei è libero dal giuramento di fedeltà prestato al Regno d'Italia e al suo re fellone."

Fece una lunga pausa, succhiò il bocchino d'osso e buttò fuori dalla bocca e dal naso un filo di fumo, osservando di sottecchi la mia reazione alle sue parole; quindi di fronte alla mia faccia di bronzo – non volevo dare alcuna soddisfazione a quel bastardo! – proseguì. "Ora, noi abbiamo apprezzato molto la sua collaborazione nel contrastare i comunisti slavi, come quella di tutti i suoi concittadini che in questi due mesi si sono arruolati nelle bande di volontari dalmati e hanno valorosamente combattuto a fianco della Wehrmacht."

"Lo abbiamo fatto per difendere l'italianità di Zara!" ribattei.

"Non faccia l'ingenuo, tenente Ganz! Il destino di Zara è segnato e ormai lontano dall'Italia. Questa guerra decreterà comunque la fine della presenza italiana in Dalmazia. Gli stessi slavi, pur di cacciarvi da queste terre, sarebbero disposti a radere al suolo la città. E questo è uno dei pochi punti che accomuna tutte le fazioni in lotta, ustascia, četnici e partigiani. La sua battaglia personale per difendere l'italianità di Zara è patetica e inutile, del tutto fuori dalla Storia! Lei è un uomo pragmatico, un veterano di guerra, un professionista; e non può che riconoscerlo!"

"Con l'aiuto dei četnici del pope Đujić e dei domobrani di Pavelić" intervenne Von Schnehen "abbiamo ristabilito il controllo sulla Dalmazia e Zara è al sicuro. Non abbiamo più bisogno delle compagnie dei volontari dalmati. Anzi, la vostra presenza qui in città crea continue frizioni con le autorità croate. Tutti i volontari zaratini che come lei hanno deciso di combattere al nostro fianco, nei prossimi giorni saranno trasferiti in Italia e arruolati nel nuovo esercito di Mussolini…"

"Ma, badi bene" riprese l'ufficiale SS, "il loro sarà un ruolo di comprimari, carne da macello, mercenari aguzzini del proprio popolo; lo stesso dei soldati italiani che hanno seguito Badoglio e combattono al fianco degli Alleati o dei comunisti slavi." Si sporse verso il tavolino e con movimento teatrale fece cadere la punta incenerita della sigaretta nel portacenere. Quindi si alzò in piedi e si diresse verso una delle finestre della stanza, tenendo in mano la sigaretta da cui si snodava un sottile filo di fumo. Raggiunta la finestra, si voltò di scatto.

Era controluce e il quadro azzurro fuoco del cielo tagliato dalle finestre spalancate sul mare ne sfumò il contorno mascherandone il volto.

"Signor tenente Ganz, oggi io le offro una grande opportunità" esordì con enfasi. "Combattere la guerra da protagonista nelle Waffen SS, al fianco della migliore gioventù di Germania e d'Europa. Ho già dato disposizioni. Domani stesso ha la possibilità di imbarcarsi per Trieste. Destinazione l'accademia militare di Bad Tölz, in Baviera. Là avrà modo di rinsaldare il suo spirito combattivo, verrà ripulito dai vizi levantini, potrà completare il suo addestramento. Se risulterà degno, uscirà come ufficiale delle Waffen SS, l'élite delle forze armate tedesche. Potrà così incidere su questa guerra, dare il proprio contributo alla Storia, combattere e morire per una grande causa, l'edificazione di un'Europa tedesca e ariana, baluardo contro la barbarie slavo-comunista e la depravazione del capitalismo anglo-sassone, negroide e giudaico."

"La sua famiglia la seguirà in Germania o, se preferisce, potrà fermarsi a Trieste" aggiunse Von Schnehen. "Zara non è più un luogo sicuro per gli italiani, soprattutto per quelli che si sono esposti come lei."

Un improvviso ronzio proveniente dall'esterno mi fece sobbalzare sulla poltrona.

"Non si preoccupi" sorrise il tenente colonnello alla mia reazione. "Bombardieri alleati. Anche ieri e avanti ieri sono passati sopra la città. Volano alti e sono diretti a nord."

"Le sirene di allarme non hanno suonato! Non sono stati avvistati" osservò contrariato il colonnello Berger.

"Signori miei" intervenne seccato l'ufficiale delle SS, "il tempo è prezioso, non ci facciamo distogliere dalla questione…"

"Stanno picchiando!" esclamai alzandomi in piedi. Le mie orecchie erano rimaste concentrate sul ronzio degli aerei e avevo distintamente percepito un progressivo e rapido aumento dell'intensità del rumore, sino a non avere più dubbi.

Pochi attimi dopo si udirono i primi scoppi, lontani, poi via via sempre più forti e vicini. Il pavimento prese a ondeggiare con crescente vigore.

Mi buttai a terra, rotolai sotto il tavolino, intrecciai le dita sopra la testa e aprii la bocca per bilanciare la pressione.

Una bomba centrò il palazzo. I vetri delle finestre esplosero. La stanza fu investita da un turbine di fumo acre, caldo e denso, frammisto di calcinacci, schegge di legno e di vetro che schizzavano ovunque come proiettili impazziti.

Mi rimisi in piedi, completamente frastornato. Ero diventato sordo, gli occhi bruciavano, avevo la gola e le narici impastate di polvere.

Berger e Von Schnehen si erano stesi accanto a me, dietro il divano. Erano interamente ricoperti di calcinacci e stavano rialzandosi a fatica. Aiutai il tenente colonnello. Respirava con difficoltà, tossendo furiosamente. Una scheggia di legno gli aveva tranciato la gamba sinistra.

Una parete interna della stanza era crollata. Ai piedi dell'altra scorsi Kirchner. Il suo corpo era adagiato in una posizione innaturale, immobile e legnoso. Aveva la faccia gonfia e rossa, gli occhi e la bocca sbarrati. L'onda d'urto dell'esplosione lo aveva schiacciato contro il muro di fronte alle finestre.

Berger mi aiutò a rimettere in piedi Von Schnehen e afferratolo per le ascelle ci dirigemmo verso il corridoio. Anche il colonnello era diventato sordo e ci intendemmo a gesti. Dovevamo uscire quanto prima dal palazzo, poteva crollare da un momento all'altro. Eravamo al primo piano e grazie a Dio le scale di quell'ala dell'edificio erano intatte. L'aria era intrisa di polvere e fumo, la visibilità minima. Ci trovammo a scendere le scale con altri soldati tedeschi, anch'essi storditi e ricoperti dalla polvere dei calcinacci.

Uscimmo fuori dal palazzo, la massiccia porta d'ingresso di legno massello era frantumata e lo spettacolo che si parò di fronte fu terribile e sconvolgente. Zara aveva cambiato fisionomia. La Riva Nuova era completamente stravolta. In mezzo alle nubi di fumo e cenere si intravedevano palazzi divelti, alberi sradicati, carcasse di mezzi militari in fiamme, enormi crateri aperti sul lungomare, calcinacci e fango ovunque, il mare sottostante scuro e sconvolto.

D'improvviso vidi alcuni soldati vicino a me rannicchiarsi a terra con le mani sopra le testa. D'istinto, senza capire udire vedere niente, li imitai.

Una serie di boati terribili in rapido avvicinamento da sud giunsero alle mie orecchie ancora parzialmente insensibili. Poi un lampo accecante. La terra sussultò di nuovo. L'onda d'urto della bomba mi schiacciò al suolo riempiendomi la bocca di terra, mentre sopra la testa vorticavano miriadi di detriti e schegge ardenti. Quindi il più totale silenzio.

Mi rialzai reggendomi con difficoltà sulle gambe tremanti. Le orecchie dolevano, fischiavano e ronzavano violentemente. Intorno a me solo fumo denso e nero. L'aria era irrespirabile. L'odore acre del fosforo mi pungeva la gola. Mi tastai alla rinfusa per scoprire qualche ferita. Ero integro, salvo qualche graffio sul volto. In quel preciso istante il pensiero di Silvia con il piccolo in grembo mi invase la mente, cancellando tutto il resto e lasciandomi senza respiro. Dovevo raggiungerli a casa, subito. Mi guardai attorno per cercare qualche punto di riferimento. La nube di fumo e polvere si stava diradando e lo spettacolo della Riva Nuova stravolta che poco prima mi aveva tanto turbato era ancora più terrificante, ma ora non avevo tempo di pensare alla mia città. Dovevo trovare la mia famiglia.

Con il cuore in gola e ancora frastornato per le esplosioni, iniziai una corsa disperata verso il quartiere di Ceraria, al di là del porto. Nell'attraversare Zara incontrai morte e distruzione un po' ovunque, a macchia di leopardo. I bombardieri alleati, con due ondate provenienti da sud, avevano colpito a casaccio abitazioni civili, edifici pubblici, chiese, parchi. Dov'erano giunte bombe, le strade erano sfondate dai crateri e ostruite da cumuli di calcinacci crollati dagli edifici sventrati. Ai bordi cadaveri dilaniati, imbiancati di calce, semisepolti di terra e sassi, schiacciati contro le case dall'onda d'urto dell'esplosione.

Con frequenza crescente incontravo gente terrorizzata, che frugava con frenesia tra le macerie o correva furtiva con gli occhi sbarrati.

Abitavo al secondo piano di un palazzetto che dava proprio sul porto e, per la brevità del tratto di mare che divideva la città vecchia dal rione di Cereria, la mia casa era perfettamente visibile dalla Riva Vecchia.

Appena giunsi al porto gettai lo sguardo febbrile sull'altra sponda alla ricerca della mia casa, ma non riuscivo a trovarla. Com'era possibile? Mi stropicciai con foga gli occhi, ancora impastati di polvere, e tentai di nuovo di scovarla tra le fila di palazzi prospicienti il mare, finché non mi soffermai su un cumulo informe di macerie.

Caddi in ginocchio, senza energie, la bocca aperta, gli occhi sbarrati e fissi sul mare sconvolto del porto. Un piroscafo, sventrato da una bomba, si era capovolto su un fianco e stava lentamente affondando risucchiato da un mare cosparso di rottami galleggianti frammisti a brandelli di corpi umani, un mare torbido e rosso sangue, come il mio animo.

Capitolo 21

L'odore di carne bruciata, acre e intenso, aveva riempito la piccola stanza cancellando quello dolciastro, ma più tenue, del sangue.

Ganz guardava fisso la luce artificiale che ciondolava dal soffitto lucente, mentre le pareti della stanza, anch'esse lucenti, oscillavano venendo verso di lui. La testa gli girava e le palpebre erano così pesanti che riusciva solo con grande sforzo a tenerle socchiuse. Non osava abbassare lo sguardo su di sé. Il suo corpo, ormai, doveva essere un ammasso di carne straziata, vescicosa e sanguinante.

Era la quarta volta che sveniva. Era la quarta volta che gli iniettavano una siringa con qualche droga per ridestarlo e riprendere così la seduta di torture.

I due aguzzini ridevano e scherzavano vicino a una struttura metallica scintillante, mentre arroventavano i ferri per infierire di nuovo sul suo corpo. Indossavano lunghe vestaglie bianche, in testa degli strani cappelli a zuccotto.

Erano degli esperti. Con tagli superficiali e scottature, sapevano portarti a provare il massimo dolore, senza mai rischiare di ucciderti. Con le iniezioni endovena di stimolanti ti tenevano sveglio. Potevano andare avanti per giorni.

Il più grosso dei due, un giovane con la testa rasata e la faccia languida e bianca, si voltò e, sguazzando nelle pozze di acqua e sangue, il sangue di Ganz, gli si avvicinò. Nella mano brandiva un coltellaccio dalla lama incandescente che faceva sfrigolare sputandoci sopra. Aveva gli occhi celesti, freddi, inespressivi che, immobili, non seguivano i perfidi sorrisi disegnati dalla bocca larga e sottile.

Blaterava qualcosa in una lingua strana che Ganz non riusciva a comprendere, nonostante tutti i suoi sforzi. Di padre austriaco, madre italiana e cresciuto in una regione di frontiera a diretto contatto coi popoli slavi, Ganz conosceva svariate lingue, ma non quella parlata dai suoi aguzzini. Avrebbe detto qualsiasi cosa per farli smettere con quei tormenti, per avere una morte rapida; ma non capiva le loro parole, che gli tuonavano nelle orecchie assurde e sconclusionate.

Ganz cercò di urlare la sua disperazione, ma quello che uscì dalla bocca contratta fu solo un flebile gemito. Cercò di divincolarsi, ma non era più padrone dei muscoli delle braccia e delle gambe, ormai maciullati dalle percosse. Il terrore dell'attesa era maggiore delle sevizie medesime, come se un branco di cani gli stesse divorando il ventre. Gli tornarono alla mente i passi di Dante, che tanto lo avevano impressionato quando li aveva studiati al liceo di Zara. Una tortura infinita di fuoco, acqua e ferro, questa sembrava la sua pena.

Voltò lo sguardo verso la luce azzurra che penetrava da una finestra alta e tonda, che sembrava l'oblò di una nave. Ne rimase abbagliato, stordito.

Ora il suo aguzzino era proprio sopra di lui, che gli urlava e sputava sul viso.

A quella faccia se ne aggiunse un'altra, spigolosa e sormontata da grossi occhiali di tartaruga; anch'essa gli urlava, ma in una lingua familiare.

"Ganz! Ganz! Come ti senti?"

Quella voce, nell'inconfondibile italiano parlato da un anglosassone, gli giunse debole e smorzata, come provenisse da un luogo lontanissimo, ma fu capace di scuoterlo dal torpore che lo avvolgeva.

Ganz si concentrò e con enorme sforzo riuscì a spalancare gli occhi e mettere a fuoco i volti di fronte a sé.

"Angleton…" sussurrò incredulo.

"Finalmente sei tornato tra noi!" esclamò quello ridendo di gusto.

"Dove mi trovo?"

"In mezzo all'oceano Atlantico, sulla portaerei Lake Champlain della US Navy, diretta a New York."

Ganz non credeva alle sue orecchie.

Strizzò gli occhi più volte e si guardò attorno, al di là del volto dell'americano. Solo allora realizzò di trovarsi nella cabina di una nave, tutta rivestita di lastre e tubi d'acciaio, con l'oblò. Lì vicino c'erano anche due infermieri in camice bianco che trafficavano sopra un carrello metallico ricolmo di siringhe e flaconi… gli aguzzini del suo incubo tra il dormiveglia.

"Sì" lo rassicurò Angleton, "ci troviamo nell'infermeria della portaerei e i nostri medici si stanno prendendo cura di te ormai da una settimana…"

"Ma cos'è successo?"

"Dopo aver ricevuto il messaggio nel quale affermavate di essere stati scoperti e di voler agire direttamente nella Zona B, ho deciso di recarmi direttamente sul posto e informare della vostra missione il comandante dei Blue Devils, la nostra divisione di fanteria dislocata a Gorizia. Dopo l'esplosione della base militare…"

"Vi siete accorti?"

"Era impossibile non accorgersi. Il botto è stato enorme, lo abbiamo sentito anche a Gorizia, e il fungo dell'esplosione si vedeva da chilometri di distanza, nonostante la pioggia e il cielo coperto. Comunque, stavo dicendo, dopo che avete fatto saltare quel bunker ho convinto il comandante dei Blue Devils a mobilitare i suoi uomini e dislocare un reparto scelto sul confine in prossimità della base jugoslava, pronto a intervenire in vostro soccorso se e quando avreste tentato il rientro."

"Avevi visto giusto…"

"Eri riuscito ad arrivare a poche miglia dalla linea Morgan e alcune raffiche di arma automatica ci hanno consentito di individuare la tua posizione…"

"I cani" farfugliò Ganz.

"In pochi minuti il reparto dei Blue Devils è piombato sul posto, ha neutralizzato i titini e ti ha recuperato. Eri più morto che vivo, dissanguato e spossato, con ferite ovunque e di ogni genere."

Ganz cercò di ricordare cosa avvenne dopo che gli jugoslavi lo avevano preso, ma la sua mente brancolò nel buio; aveva un vuoto completo.

"Quando ti hanno riportato a Gorizia, prima di perdere conoscenza" proseguì Angleton, "mi hai riferito delle cose a dir poco incredibili…"

L'italiano si agitò nel letto e i suoi occhi furono attraversati da un'ombra di preoccupazione. Un film inquietante, ma più che realistico, gli si dipanò davanti: anche Jana aveva passato la linea Morgan, ovviamente la sua versione dei fatti era opposta, la parola della ragazza slovena era più credibile di quella di un rinnegato fascista, lui era spacciato.

"A dire la verità sul momento pensavo avessi delle allucinazioni, causate dalle tue precarie condizioni di salute. O peggio, che stessi facendo il doppiogioco… il tradimento di Conti era verosimile, quelli del capitano Lazzi e di Jana Košić decisamente meno, soprattutto se inquadrati nel presunto scontro in atto tra Tito e Stalin. La contesa tra i due leader comunisti, se confermata, sarebbe dirompente e…"

"È tutto vero!" esclamò Ganz.

"… e muterebbe" continuò Angleton "l'intera politica di Stati Uniti e Gran Bretagna verso il blocco comunista, che tutti in Occidente credono unito e compatto sotto l'indiscussa leadership di Stalin." Quindi sorrise e scosse la testa. "Certo che è proprio assurdo! Ha dell'incredibile pensare che la nostra operazione per bloccare le mire jugoslave sull'Italia sia stata ispirata e attivamente sostenuta dai sovietici."

"Questa è la pura verità" affermò Ganz a denti stretti.

L'altro lo guardò dritto negli occhi. "Io ti credo, credo fermamente a tutto quello che hai detto. Temo però che ai piani alti di Washington non sarà così. Scusa la brutalità, ma non daranno alcun credito alla parola di un rinnegato fascista senza adeguati riscontri… e quelli purtroppo non li abbiamo."

"La ragazza, Jana, era ancora viva quando…"
"Dileguata."
"L'hanno presa i titini?" domandò Ganz, in tono neutro.

"No, ha raggiunto la zona di occupazione sovietica in Austria. Proprio ieri i nostri amici inglesi mi hanno riferito di aver dato assistenza nei pressi di Villach a una giovane profuga slovena di nome Jana Košić. Non ho fatto in tempo a richiederne il fermo che la ragazza era già fuggita dal centro per rifugiati di Klagenfurt, dov'era stata condotta. Sparita nel nulla. Così ho avuto la prova definitiva dell'attendibilità della tua versione."

"Perché è scappata? Poteva continuare a fare il doppiogioco, accusare me di tradimento… dopotutto era la sua parola contro la mia, quella di un fascista."

"I sovietici devono aver saputo del tuo recupero e hanno pensato bene di portarla al sicuro nella loro zona di occupazione. L'hanno data per bruciata e non volevano correre alcun rischio. Probabilmente al principio avremmo dato credito a lei, ma un'ombra di sospetto sarebbe rimasta e poi potevano sempre trovare conferme alla tua versione e smascherarla. L'NKVD è molto prudente e il rapporto con gli jugoslavi deve essere un bel grattacapo per Stalin."

Jana lo aveva tradito e poi lasciato a morire nella foiba, rifletté Ganz, ma nel suo profondo fu contento che la ragazza ce l'avesse fatta. Non avrebbe mai scordato le ore passate con lei nella casa dei contadini sloveni in mezzo alla selva di Tarnova. Il solo pensiero di quella notte di amore, selvaggia intensa appassionata, lo faceva fremere di desiderio e languore. Quella vipera slava lo aveva stregato, risvegliando emozioni e sentimenti travolgenti che non provava da anni. No, a pensarci bene, che non aveva mai provato prima.

"La cosa importante" riprese l'americano "è che la missione sia stata un successo completo. L'eliminazione dei tre dirigenti comunisti al soldo degli jugoslavi ha indebolito la frangia più estremista del PCI e rafforzato la leadership di Togliatti. Il bunker di Tito sul confine, di cui non conoscevamo affatto le potenzialità e il ruolo cruciale che avrebbe assunto nella politica di penetrazione verso l'Italia, distrutto. La rete di informatori comunisti infiltrata nei nostri servizi, smantellata. Di Conti non mi ero mai fidato, ma scoprire che Lazzi era un agente di Mosca è stato un brutto colpo. Quel tipo è stato al mio fianco dal '44 e ha partecipato a tutte le più importanti operazioni contro i nazifascisti nel nord Italia. Mi fidavo ciecamente di lui e se tu non l'avessi smascherato avrebbe creato dei danni enormi alla nostra azione di contenimento dei comunisti in Italia. Mosca avrebbe saputo in anticipo tutte le nostre mosse. Gli jugoslavi, poi, hanno incassato il colpo senza fiatare. Pensa, neanche una protesta informale per la nostra incursione nella Zona B… Hanno fatto una pessima figura in tutta la vicenda e per non perdere pubblicamente la faccia hanno preferito mettere tutto a tacere. La loro base militare di Tarnova è come se non fosse mai esistita!"

Angleton tirò fuori dalla tasca interna della giacca una fiaschetta metallica e ingollò tre sorsate. Scosse la testa e strizzò gli occhi. Quindi con il dorso della mano si asciugò le labbra.

"Ganz, il tuo ruolo è stato determinante. Il generale Roatta non aveva peccato di eccesso nel descrivere le tue doti. Con un po' di addestramento mirato potresti diventare uno dei nostri migliori agenti operativi in Europa."

Ganz non disse nulla e dopo un po' l'americano continuò.

"Anche se nessuno lo saprà mai, con questa missione hai fatto moltissimo per l'Italia, più di quanto tu abbia fatto in sei anni di guerra. Il mondo libero ha bisogno di te, il tuo paese e il tuo popolo hanno bisogno di te. Ti offro l'occasione non solo di chiudere col passato, ma anche di dare il tuo contributo, questa volta, per una causa giusta: fermare e sconfiggere il terrore comunista. Pensa a cosa avverrebbe se l'Italia e tutta l'Europa cadessero sotto il gioco di regimi bolscevichi dominati dagli slavi."

"Tutto quello che mi interessa è rimettermi in salute, fare quell'operazione in America per curare le mie ulcere…"

Angleton scoppiò a ridere.

Ganz lo squadrò cupo.

"I tuoi problemi di stomaco sono una sciocchezza. Guariranno nel giro di pochi mesi con qualche pasticca e una dieta adeguata."

"Ma il dottore della base mi aveva detto che senza l'operazione rischiavo la vita…"

"Gliel'ho suggerito io, per motivarti a dare il massimo. Speravo che tu mi chiedessi di fare quell'operazione, così da avere più potere contrattuale e non rischiare che una volta paracadutato ti dileguassi. C'erano state molte fughe di notizie e sospettavo che qualcuno dei componenti del commando fosse un informatore dei comunisti. Avevo bisogno del tuo aiuto per scovarlo e portare a termine la missione. E, modestamente, avevo visto giusto a scommettere su di te."

Ganz lo guardò incredulo.

Angleton tirò fuori un pacchetto di Lucky Strike, accese una sigaretta e la infilò in bocca a Ganz. "Qualche mese di riposo, una bistecca di manzo al giorno, sigarette americane di prima qualità, e tornerai in perfetta forma."

Quindi, dopo aver gettato il pacchetto di sigarette sul letto, si incamminò verso il corridoio.

Prima di uscire, ormai sulla porta, si voltò di nuovo verso Ganz. "Pensa alla mia proposta. Tu sei nato per la guerra, non per passare il resto della vita da borghese, rintanato in qualche polveroso villaggio spagnolo o sudamericano. L'8 settembre del '43 non sei scappato, ti sei schierato coi tedeschi e hai continuato a combattere. Oggi farai lo stesso con noi. Non puoi andare contro la tua natura, ritirarti a vita privata, congedarti dalla Storia. Tu sei come me, hai bisogno di una causa per cui lottare, di una guerra per riempire la vita. Non puoi sfuggire a quello che sei."

"Una causa giusta e una guerra da combattere in suo nome" ripeté Ganz a occhi chiusi. Aspirò avidamente la sigaretta come a volerla bruciare con un'unica tirata, lasciando poi che il fumo uscisse lentamente dalle narici. Quindi, a mezza bocca, con la cicca che pendeva di lato, aggiunse: "Suona bene… ma suonava bene anche in passato".

"Ah, dimenticavo" disse Angleton frugandosi nelle tasche della giacca. "Questo dev'essere tuo." Tirò fuori un rotolo di feltro marrone e srotolò un cappello.

Alla vista del fedora gli occhi di Ganz si illuminarono.

"Ti ha portato fortuna. Conservalo, ti tornerà utile." Lo appese a un gancio vicino alla porta e uscì.

Finito di stampare nel mese di Ottobre 2015
per conto di Youcanprint *Self-Publishing*

www.ingramcontent.com/pod-product-compliance
Lightning Source LLC
Chambersburg PA
CBHW020905160726

47993CB00005B/1817